Tamar Tandaschwili

Als Medea Rache übte und die Liebe fand

Tamar Tandaschwili

Als Medea Rache übte und die Liebe fand

Aus dem Georgischen übersetzt
von Tamar Muskhelischwili

Roman

Residenz Verlag

MIX
Papier aus verantwortungsvollen Quellen
FSC® C014496

Dieses Buch wurde mit Unterstützung des Writers' House of Georgia veröffentlicht.

Writers' House of Georgia

Die Originalausgabe ist 2017 unter dem Titel »Materikon« im Verlag Siesta, Tiflis, erschienen.

Bibliografische Information der Deutschen Nationalbibliothek
Die Deutsche Nationalbibliothek verzeichnet diese Publikation in der Deutschen Nationalbibliografie; detaillierte bibliografische Daten sind im Internet über http://dnb.dnb.de abrufbar.

www.residenzverlag.at

Umschlaggestaltung: Boutiquebrutal.com
Typografische Gestaltung, Satz: Ekke Wolf, typic.at
Lektorat: Jessica Beer
Gesamtherstellung: GGP Media GmbH, Pößneck
ISBN 978 3 7017 1737 8

1. GRAMMATIK

Die Journalistin Tina Sumbadse hat vor einunddreißig Jahren schreiben gelernt, seitdem schreibt sie ununterbrochen. Nebenbei gewinnt sie neue Erkenntnisse: Männer leben in der ersten Person Plural und sterben in der dritten Person Singular. Frauen werden in der dritten Person Plural vergewaltigt, sterben aber stets in der ersten Person Singular.

Neben ihr saß ein krebsroter, rastloser Schotte. Er hatte sich kurz vor dem Abflug vorgestellt. Er war Ingenieur für Windenergie und zurzeit mit dem Bau eines hundert Meter hohen Windparks am türkischen Mittelmeerufer beschäftigt. »Ich muss das Projekt zum dritten Mal überarbeiten. Wir befinden uns auf den Flugrouten der Wandervögel. Ökologen und Landwirte haben uns mit dem Rotstift gedroht, kein einziger Propeller habe dort etwas zu suchen.« Noch bevor das Mittagessen verteilt wurde, hatte er ihr anhand von Anschauungsmaterial die Bedeutung des Luftdruckwandels für Winderzeugung und Speicherung erklärt. Tina musste an ihre Uroma Alexandra denken: »In was für einer Welt leben wir Armseligen eigentlich, wenn sogar schon Wind gespeichert werden muss?«, würde sie zweifellos sagen, wenn sie im Flugzeug neben dem Schotten säße. Nach seiner Hähnchenbrust legte er zunächst mit Tinas übriggelassener Frikadelle, später mit zwei Miniaturfläschchen Whisky nach. Er wurde noch krebsiger und geschwätziger.

»Nein, nicht in Amman. Ich schreibe Artikel über frontnahe Städte, und Syrien liegt in meinem professionellen Interessenbereich.«

»Haben Sie Familie in der Türkei?«

»In Georgien – meine Freundin. In Istanbul ist unser internationales Redaktionsbüro.«

Der Schotte stutzte politisch korrekt und zählte alle lesbischen Frauen auf, die sich seit der Uni jemals in seiner Gegenwart befunden hatten. Tina hatte nicht weiter ausgeführt, dass ihre Liebste ihr vierjähriges Zusammensein mit der Gründung einer wahrhaftig traditionellen Familie gekrönt hatte. Danach war sie in den ersten sechs Monaten mindestens zweimal pro Woche zu den Schwiegereltern gerannt, freitags hatte sie den unbändigen sexuellen Hunger ihres Ehemannes mit Blowjobs gezähmt, die sie sich aus Pornos abgeschaut hatte, und an ihren fruchtbaren Tagen hatte sie sich in smaragdgrüne Dessous gezwängt. Dann hatte sie ihr Kind bekommen, war in postpartale Depression verfallen und hatte sich wieder nach weiblicher Zärtlichkeit gesehnt. Tina liebte sie immer noch und öffnete ihr mit Freude die mit Dämmschaum isolierte Metalltür, die sie vor anderthalb Jahren mit einem Fußtritt hinter ihr zugeknallt hatte. Augenblicklich verloren sich die Finger ihrer Liebsten in hüftlanger, schwarzer Seide. Sie wollte gerade Tinas Lippen berühren, als ein tornadoartiger Krampf aus den Tiefen ihrer Eierstöcke aufstieg und sie überflutete. Sie schaffte es mit zugehaltenem Mund gerade noch zur Toilette und verbrachte die gesamte zweite Tageshälfte auf den Knien. Tina kannte den Geschmack und Geruch von Sperma nicht, aber sie hätte schwören können, dass der Mundhöhle ihrer Liebsten ebenjenes Aroma des Lebensursprungs entfahren war.

»Linda ist Komponistin. Sie forscht über Folklore und war schon überall. Im Februar hat sie an der Uni Glasgow eine öffentliche Vorlesung über georgische Polyphonie gehalten.«

Aus einem Fach des braunen Lederportemonnaies lugte eine rothaarige Frau; Ende zwanzig. In einem zweiten Fach steckte ein Foto einer jüngeren rothaarigen Frau – sie posierte neben einem Pferd bei einem Schwimmbad und lächelte herzlich.

»Wir wussten schon immer, dass aus ihr eine Tierärztin werden würde. Sie war neun, als sich die Ziege den Euter am Zaun aufriss. Sie ließ uns Nadel und Faden in brühendem Wasser auskochen und nähte die Wunde so symmetrisch, dass der Dorfveterinär ihr anbot, seine Operationen mitzuverfolgen. Doch mit Menschen ist sie nie so wirklich warmgeworden. Sie ist 28 und hatte noch nie einen festen Freund … oder eine Freundin. Haben Sie Geschwister?«

»Einen Bruder. Er ist beträchtlich jünger als ich, er geht zur Schule.«

»Sobald ich mit dem Windpark fertig bin, ziehe ich nach Spanien und bewege mich nicht mehr weg.«

Er schlug das zweite Fach von hinten auf und seine sommersprossigen Finger frickelten ein doppelt gefaltetes Foto heraus. Ein einstöckiges Haus aus Stein, umgeben von Bäumen, so weit das Auge reicht, mit einer so hohen roten Holztür, dass man selbst auf den Schultern eines Riesen den Kopf nicht einzuziehen bräuchte.

»It's a true paradise«, sagte der Schotte, »mit eigenem Weingut! Der Makler hat es mir am Morgen gezeigt, am Mittag war es meins.«

Tina ließ den Blick nach hinten schweifen. Zwei

Frauen stellten sich an. Sie entschuldigte sich beim Schotten und bahnte sich, auf den Rückenlehnen Halt suchend, den Weg. Aus der Bordtoilette drang Zigarettenqualm. Die Stewardess klopfte an die Tür. Der vorzeitig ergraute Passagier öffnete die Falttür, mied jeglichen Augenkontakt und huschte zu seinem Platz. Die Luft im Flugzeug war trocken, undefinierbar, kalt und heiß zugleich. Der Schotte hielt sein Portemonnaie immer noch in der Hand. Er hatte sein Gesicht zum Fenster gewandt und blickte ins Dunkel. Das Kabinenlicht war gedimmt. Die Passagiere dösten, Tina hörte mit geschlossenen Augen k.d. lang. Sie wusste nicht, was Ana Rogawa von ihr wollte. Sie hatte ihr bereits den dritten Artikel über das Leben von Frauen in Kriegsgebieten geschickt und immer dieselbe Antwort bekommen: Es fehle an menschlicher Intimität. Dabei leitete sie den Text mit einer emotionalen Passage ein und hatte, um den Schmerz zu unterstreichen, hier und da sogar unverschämt gewagte Formulierungen eingestreut. Im Großen und Ganzen war es trotz allem eine Ursache-Wirkung-Analyse mit handfesten Argumenten. Analytischer Journalismus war etwas, was Tina und Rogawa offensichtlich unterschiedlich auffassten. »Wenn sie das hier auch abweisen sollte, sage ich ihr, ich wechsle in die Hightech-Abteilung und schreibe ab sofort nur noch über das Ingenieurswesen der Zukunft. Soll sie dann nach sentimentalen Schreiberlingen suchen, die stets mit gepacktem Koffer bereitstehen, vier Sprachen beherrschen und einen Doktortitel in Politikwissenschaft haben.« Der Schotte berührte ihre Schulter.

»I guess I am dying.«

Seine Augen waren voller Tränen. Das dösende Flugzeug wurde abrupt geweckt. Gleich zwei Ärzte meldeten sich. Sie baten Tina, ihren Sitz freizumachen. Bald waren drei Sitzreihen vor und hinter dem Schotten leer und die aufgescheuchten Passagiere fanden sich im hinteren Teil des Flugzeugs zusammen. Es vergingen zwanzig Minuten. Eine Stewardess, flach wie ein Brett, näherte sich Tina.

»Wie standen Sie zu dem Mann neben Ihnen?«

Stewardessen, Polizisten und Notärzten sollte man keine Grammatik beibringen.

»Bleiben Sie in Istanbul oder haben Sie einen Anschluss?«, fragte sie der Arzt der Flughafen-Notfallambulanz.

»Ich bleibe hier, für zwei Tage.«

»Sie hatten eine Panikattacke. Es wäre besser, wenn Sie nachts nicht alleine sind.«

»Mein Sitznachbar ist gestorben, ein Schotte, im Flugzeug.«

»Ich weiß Bescheid. Ich will mir nicht ausmalen, wie sich das anfühlen muss.«

»Sheraton.«

»Was meinen Sie?«

»Bringen Sie mich im Sheraton unter. Ich muss morgen meinen Gesprächspartner treffen.«

»Sind Sie zur Recherche hier?«

»Ich bin Journalistin.«

Sie zählte die blassen Fliesen an der Decke der Ambulanz.

Tinas zierliche Waden stecken in Skechers-Sportschuhen. Unter dem Saum ihrer verwaschenen Jeans stechen strahlend gelbe Socken hervor. Das rotgeblümte Hemd unter dem blauen Cordblazer verstärkt noch den Kontrast zu ihrer ohnehin blassen Gesichtsfarbe. Die nahezu perfekte Form ihrer dichtbewimperten, honigfarbenen Augen ist selbst hinter der Brille, die wie angegossen auf ihrer Nase sitzt, sofort zu erkennen. Ihre Stachelfrisur, die an einen Igel erinnert, verleiht ihr einen Hauch verwirrter Hilflosigkeit, aber nur, bis sie aufsteht. Ihr außerordentlich hochgewachsener Körper trägt Kleidung und Tasche mit beneidenswerter Eleganz, und selbst im Schockzustand verliert sie nichts von ihrem Zauber. Sie weckt ihre Chefredakteurin. Sie waren zwar wie Katz und Maus, doch niemand steht Tina näher. Sie kann Ana Rogawa von jedem Winkel der Erde anrufen. Zunächst informiert sie sie darüber, dass sie heil angekommen ist, und plaudert ein wenig. Dann kommen sie zur Sache.

»Tina, wer ist gestorben?«

»Der schottische Windkraftingenieur.«

»Was für ein Schotte? Bist du nicht in Amman?«

»Wir waren schon in der Luft. Er saß neben mir. Er hat gesagt, dass er Schotte ist. Dann wurde ihm schlecht und innerhalb von Minuten war er tot.«

»Oh nein. War er alt?«

»Um die fünfzig, oder jünger.«

»Wie geht es dir? Soll ich Petra anrufen? Sie kann dich abholen und du kannst bei ihr bleiben.«

Petra war Journalistin des türkischen Redaktionsbüros.

»Nein, schon gut. Ich weiß nicht einmal, wieso ich dich angerufen habe. Ich habe nicht nachgedacht.«

»Ich schlafe sowieso nicht. Ich sitze am Projekt der Amerikaner und bin online. Wenn du nicht schlafen kannst, melde dich, okay?«

Sechzig minus fünfunddreißig ist fünfundzwanzig. Weniger Jahre, als sie gelebt hat. Im Sheraton bekommt sie ein Upgrade – eine Luxussuite im 26. Stock statt des gebuchten Standardzimmers. Sie ahnt, dass Ana Rogawa Petra angerufen haben muss; Petra wiederum die Hoteladministration. Das atemberaubende Istanbul liegt ausgebreitet vor ihr. Was wohl als Sterbeort des Schotten eingetragen wird, denkt sie.

»Zimmerservice!«

Was soll's, sie bekommt sowieso kein Auge zu. Ein junger Mann tritt unter Entschuldigungsbekundungen ein und bittet, einen Blick unter das Bett werfen zu dürfen. Die Konferenzteilnehmerin, die das Zimmer vor einigen Stunden geräumt hat, hat eine gestrickte Tasche voller Dokumente liegenlassen. Tina hat noch nicht einmal ihren Koffer geöffnet. Nach dem Bett wendet er sich dem Schrank zu, danach dem Bad, beides ohne Erfolg. Der Mann entschuldigt sich erneut vielmals und öffnet einem jüngeren Herrn die Tür, der einen Obstkorb hereinträgt – »für die Unannehmlichkeiten«. Anschließend verabschieden sich beide und gehen rückwärtstrippelnd aus dem Zimmer.

Tina wirft die Kissen auf den Boden und legt ihr Gesicht vorsichtig auf den wohlriechenden Bettbezug. Er ist so zart wie ein Kätzchen, das zum Streicheln einlädt. Sie schiebt ihre Hand ein wenig nach oben und ihre Finger liebkosen den weichgespülten Stoff. Sie greift zum Kopfende, wo der Bezug stramm unter die Matratze gefaltet ist. Dann fährt sie die Matratzenkante entlang und schreit vor Schmerz auf. Ihr Finger brennt und sieht aus, als sei er mit einer Rasierklinge in Berührung gekommen. Sie steht auf und macht alle Lichter im Raum an. Sie ringt mit dem Bezug. Nach dem dritten Anlauf hat sie den blutbefleckten Stoff von der Matratze gezogen und ein Meer von Dokumenten flattert auf den Filzboden.

Sensibilisierung für sexuelle Gewalt
Komparative Analyse von 9 Fällen
Materialien für die regionale Konferenz. Anhang 3
Keti Ruadse
Psychotherapeutin
Psychosozialer Krisendienst
Tel.: 995555 -- -- --
E-Mail: ruaqet@psychoservices.com

Kollektive sexualisierte Gewalt – Sexuelle Sklaverei
Natia, 38. Diagnose: Depressive Störung. Ein Suizidversuch, mehrere Versuche von Selbstverletzung. Wurde im Alter von 14 Jahren von drei Klassenkameraden im eigenen Haus vergewaltigt, einer davon war ihr Freund. Sie wurde eingeschüchtert, niemandem davon zu erzählen. Ihr wurde mit Rufmord in Nachbarschaft und Schule gedroht, was ihr Leben aller Voraussicht nach unerträglich gemacht hätte. Die Patientin betont, sie wollte unter allen Umständen vermeiden, dass ihre Eltern davon erfuhren.

Einige Tage nach der ersten Vergewaltigung wurde Natia erneut Opfer einer Vergewaltigung, erneut im eigenen Haus, diesmal durch fünf Klassenkameraden. Nach der zweiten Vergewaltigung erklärte der Haupttäter Natia, dass sie von nun an sein Besitz sei. Aus diesem Grund müsse sie jeden Anruf entgegennehmen und Zeit sowie Örtlichkeit stellen, um ihm und seinen Freunden zur Verfügung zu stehen. Ausreden, ihre Eltern seien zu Hause, sie sei krank usw., sollten ihr gar nicht erst in den Sinn kommen, da sich damit ihre Lage nur drastisch verschlechtern würde.

Im Laufe der folgenden sechs Jahre vergingen sich, in unregelmäßigen Abständen, hauptsächlich fünf Personen an Natia. Es gab jedoch auch Fälle, in denen sie der Haupttäter seinen Freunden oder Gläubigern anbot.

Zwei Befreiungsversuche der Patientin endeten mit physischer Gewalt.

Im Laufe von sechs Jahren fanden mehrere individuelle sowie Gruppenvergewaltigungen statt, zudem Fälle von Sadismus und sexueller Erniedrigung.

Es kamen vier Schwangerschaften zustande, die erste im Alter von 15 Jahren. Drei Schwangerschaftsabbrüche, eine Fehlgeburt.

Opfer sowie Täter waren im 3. Studienjahr, als ein Gruppenmitglied festgenommen wurde. Ein Zweiter setzte sein Studium im Ausland fort. Die anderen verloren vermutlich das Interesse an Natia und so konnte sie sich, im Alter von zwanzig Jahren, aus der sexuellen Sklaverei befreien.

2. LAS MAGAS

Tina findet die oberen Seitenstraßen des Rustaweli-Boulevards gesperrt vor. Ein baufälliges Haus im Sololaki-Viertel war eingestürzt und Regierungsvertreter, NGOs und Journalisten haben ihr Zelt auf der Leonidsestraße aufgeschlagen. Tina lässt ihr Auto am Ende der Arsenastraße stehen und geht zu Fuß Richtung »Las Magas« weiter. Der März spielt dieses Jahr so verrückt wie noch nie; schon seit zwei Wochen herrschen unverändert 20 Grad. Die Obstverkäufer auf dem Bürgersteig plaudern mit den Parklotsen. Eine Gruppe Touristen mit ungewaschenen Haaren hat sich vor ihrem Hostel auf ihren Rucksäcken niedergelassen und genießt mit offenen Mündern die Sonne. Im Konservatorium, das diesen Winter in die Tschawtschawadsestraße verlegt worden war, sind so früh am Morgen alle Fenster sperrangelweit offen. Drinnen jault ein Mann aus voller Kehle, begleitet von einem Klavier. Tenor, denkt Tina. Wie man in diesem Haus wohl Kinder zum Schlafen bringt?

Keti Ruadse ist eine perfekt runde Frau. Strahlend wie der Mond gibt sie Tina die mopsige Hand.

»Ich hatte wirklich nicht die Absicht, es zu lesen. Das ist keine Rechtfertigung, aber in der Nacht ist mir etwas passiert, was –«

»Die biographischen Daten sind so verzerrt, dass sich die Betroffene selbst nicht wiedererkennen würde. Die Erstellung von Fallstudien wird als eigenes Fach gelehrt. Wussten Sie das?«

»Wirklich? Nein … Also sind einige Beispiele ausgedacht?«

»Nicht ausgedacht. Die hier aufgezählten Fälle beruhen alle auf realen Biographien.«

»Alle?«

»Sie meinen den Sklaverei-Fall, nicht wahr? Das ist der wahrste von allen.«

Ruadse setzt sich im Innenhof des »Las Magas« mit dem Rücken zum ornamentverzierten Eisentor auf einen Stuhl. Über der Klimaanlage haben sich Tauben ein Nest zusammengekleistert. Gurrend flattern sie herum und der Tbilisser Staub rieselt von ihren Federn in den Cappuccino.

»Neun Fälle, schreiben Sie. Neun Fälle von Sexsklaverei gebe es in Georgien.«

»Das sind nur meine Fälle. Weiß Gott, wie viele es sonst noch gibt.«

»Ich schreibe unter anderem über Frauen; aber eher in internationalen Zeitschriften als in lokalen.«

»Von Journalisten werden wir meistens gemieden, ich weiß nicht, weshalb. Als unsere Fallzahlen stiegen, hat sich das Rehabilitationszentrum mit den Produzenten verschiedener Morgenmagazine in Verbindung gesetzt, aber nur Klatschmedien waren interessiert. Würden Sie sich als Journalistin mit diesem Thema auseinandersetzen? Eine der Betroffenen ist bereit, ein Interview zu geben. Sie lebt nicht mehr in Georgien und möchte den Vorfall, der lange zurückliegt, öffentlich machen.«

»Hmm …«

»In der Fallstudie ist sie als Natia aufgeführt.«

»Keine juristischen Probleme, oder?«

»Bei Natia?«

»Nein, generell.«

»Natia ist die Einzige, die sich dazu entschlossen hat, zu reden. Über so etwas wird normalerweise nicht gesprochen, wie Sie ja auch wissen.«

»Ist sie auch mit dem rechtlichen Teil einverstanden?«

»Tina, Natias Fall ist zwanzig Jahre her. Das kommt nicht mehr vor Gericht. Ich habe mich auf der Konferenz mit Juristen unterhalten, und ohne Beweismittel lägen die Chancen bei null, meinten sie. Wieso, wissen Sie mehr?«

»Ich weiß gar nichts, um ehrlich zu sein, ich habe mich noch nie damit auseinandergesetzt, aber … eine alte Freundin von mir ist Ermittlerin. Ich kann sie fragen, wenn Sie wollen.«

Der Stubentiger, ein »Las Magas«-Original, hatte sich längs auf dem Tisch ausgebreitet und seinen Schwanz in den braunen Aschenbecher getunkt. Teenager hatten einen Wald auf die Ziegelwand gemalt, der kaum von einem echten zu unterscheiden war. Ruadse flüstert, obwohl niemand außer ihnen im Hof ist.

»Macht Ihnen das nicht zu schaffen, sich jeden Tag so etwas anhören zu müssen?«

Die Psychotherapeutin rollt als Zeichen der Verwunderung ihre Augen gen Himmel; richtet ihren Blick nach einigen Sekunden aber wieder gerade:

»Ich mache Yoga«, entgegnet sie mit einer großen Geste, als würde sie einer Touristin eine Sehenswürdigkeit zeigen. Danach lässt sie ihren Blick noch einmal über den Innenhof schweifen und ergänzt: »Jeden Morgen.«

3. UNCHRISTLICHE BEDÜRFNISSE

In der Morgendämmerung kam der 16-jährige, spärlich bekleidete Lascha Tsertswadse grün und blau geprügelt in die erleuchtete Polizeistation am Stadteingang von Rustawi. Sein Vater habe ihn aus dem Haus geschmissen und er bräuchte Hilfe. Sozialarbeiter Berdia Mikiaschwili wurde um 7 Uhr früh in die Polizeistation bestellt. Der Notarzt hatte Lascha bereits untersucht. Trotz der Empörung der Polizisten weigerte sich der Junge, Anzeige zu erstatten. Stattdessen bat er um zwei Dinge: neue Socken sowie ein Gespräch mit seiner Mutter. Die Socken waren innerhalb von fünf Minuten aus dem benachbarten Hypermarkt besorgt; doch es gelang nicht, sich mit der Mutter in Verbindung zu setzen. Berdia telefonierte herum, aber in keiner Anlaufstelle für häusliche Gewalt war Platz. »Wir rufen zurück«, bekam er sechsmal zu hören. Niemand rief zurück. Lascha hatte sich bis über den Kopf in die Decke eingewickelt, die ihm der Inspektor gegeben hatte, und jedes Mal, wenn er sich eine Träne abwischte, fiel ihm ein Deckenzipfel aus der Hand – auch wenn er die zweite Hand zu Hilfe nahm. So litt er zwei Stunden lang, bis Berdia vorschlug, den Vater anzurufen und die persönlichen Gegenstände des Jungen abzuholen. Lascha fuchtelte mit den Armen, er werde niemals dorthin zurückkehren, lieber sollten sie ihn hier auf der Stelle umlegen. Berdia rief bei den Tsertswadses an, ein Mann nahm ab.

»Hallo, spreche ich mit Herrn Gega Tsertswadse?«

»Ja, bin dran.«

»Ich bin Berdia Mikiaschwili, der Sozialarbeiter Ihres Sohnes, Lascha Tsertswadse. Lascha befindet sich auf der Polizeistation, er ist außer Lebensgefahr. Allerdings hat er nichts zum Anziehen, bis auf seine Unterwäsche. Wäre es in Ordnung, wenn wir in etwa zehn Minuten vorbeikommen und seine persönlichen Gegenstände abholen?«

»Lascha Tsertswadse war mein Sohn, er ist heute Morgen gestorben. Rufen Sie hier nicht mehr an.«

Berdia hört dem Signalton nach dem Auflegen noch eine Weile zu. Das ist normal beim ersten Anruf, redet er sich zu und wählt noch einmal. »Die gewählte Rufnummer ist zurzeit nicht erreichbar.« Es vergeht eine weitere Stunde und Berdia fährt den in die Decke des Inspektors eingewickelten Lascha zu sich nach Hause. Die Großmutter öffnet die Tür. An ihrem Gesichtsausdruck lässt sich ablesen, dass sie es gewohnt ist, rausgeworfene Menschen zu beherbergen. Sie setzt Lascha auf das Sofa und lässt ein Bad ein. Kurz darauf hockt er eingeschrumpelt im schaumigen, heißen Wasser und schluchzt bitterlich. Die Tür zum Bad bleibt einen Spalt offen. So ist die Regel; von ihren Familien verstoßene junge Homosexuelle hegen manchmal unchristliche Bedürfnisse. Die Großmutter schenkt Tee ein, während sie aufgeregt mit ihrem Enkel schnattert:

»Den Hintern müsste man solchen Eltern versohlen! Noch nie habe ich jemanden mehr verabscheut als Putin, aber sogar den würde ich nicht mitten im Winter auf die Straße setzen! Haben diese Leute ihr Herz mit den Mandeln entfernt bekommen, mein Schatz?«

Das Frauenhaus weigert sich – sie wollen keine Jungen annehmen. In der Familien-Notunterkunft bringt Lascha es auf eine Woche, bis ihn der älteste Sohn einer von ihrem eigenen Mann herausgeworfenen Frau als »Arschwichser« verprügelt. Durch Lascha lernt Berdia die Schwierigkeiten schwuler Ästhetik kennen. Tasja beispielsweise, die die Gemeinde Vater Jakobs im ewigen Feuer des Kriegerdenkmals von Tbilissi verbrennen wollte, war zwar lesbisch, sah einem Jungen aber dermaßen ähnlich, dass sie auf der Straße höchstens mit »Hast du Feuer, *man*?« angesprochen wurde. Transgender Andro Kuchianidse wurde von jedem für den Vater eines Betreuten gehalten; er war älter, breit und stämmig.

Laschas Verhängnis bestand darin, dass er genau in der Mitte zwischen den sozial anerkannten männlichen und weiblichen Geschlechtern stand. Seine Existenz erweckte nicht nur Misstrauen, sondern vor allem Irritation. Und da sich georgische Männer nicht unbedingt durch ihre Toleranz Irritationen gegenüber auszeichnen, hält ihre fragile Psyche diesem Druck nicht stand und sie müssen ihren Seelenfrieden geifernd wiederherstellen.

Jedes Monatsende bringt Berdia seine fünfhundert Lari, Münze für Münze, heim und nimmt sich davon jeden Tag ein kleines Taschengeld. Bei seinem Vorstellungsgespräch als Sozialarbeiter hatte er gelogen, er sei queer. Er dachte, so seien seine Chancen größer. Was hätte er sonst sagen sollen? Dass er weder mit einer Frau noch mit einem Mann je etwas gehabt hatte und außer seiner Großmutter mit niemandem etwas zu tun haben wollte? Er interessierte sich nun Mal nicht für Sex und damit basta. Er hatte auch nie Schmetterlinge im Bauch und überhaupt beschwerte ihn das körperliche Leben sehr. Er wartete sehnsüchtig auf die Ära, in der der Mensch digitalisiert würde und die Energie, die sein Hirn für körperliche Leistungen verschwendete, der Bewusstseinserweiterung widmen könnte. Er trug stets ein Portrait von Ray Kurzweil in seiner Hosentasche. Wenn der Alltag den Sozialarbeiter stärker plagte als gewöhnlich, griff er zu seinem Portemonnaie und rief dem Visionär des Transhumanismus zu: »Ray, wieso zur Hölle braucht das alles so lange?« Mit »das alles« meinte er die künstliche Intelligenz. Sie wird seiner sowie Kurzweils Meinung nach die Menschheit auf eine neue Evolutionsstufe hieven. Sozialarbeiter Berdia Mikiaschwili, Sohn des Solomon, plagt sein Körper sehr.

4. ERSEHNTE OHNMACHT

Laschas Mutter finanzierte ihre Familie, indem sie in Griechenland als Pflegerin arbeitete. Sein Vater ließ ihr Geld im Casino und den Rest – im Restaurant. Er hatte sich nie großartig um die Erziehung seines Sohnes geschert. Nur ein einziges Mal hatte er die Initiative ergriffen. Er bat Lascha, ihm vom Kiosk Zigaretten zu bringen, während er selbst auf dem Sofa lag. Als jener mit Hüftschwung hinausstolzierte, beschlich den Vater ein ungutes Gefühl. Am nächsten Tag schleppte er ihn zum Boxen und forderte vom Trainer, ihn besonders aufmerksam zu trainieren. Eingeschüchtert von Trainer Kako, wagten es die anderen Jungs nicht, Lascha etwas ins Gesicht zu sagen. In die Umkleide kam Trainer Kako nicht. Woher hätte Lascha wissen können, dass es der liebste Zeitvertreib der Jungs war, ihre Schwänze zu vergleichen? Er selbst hatte ein dermaßen strenges Verbot auferlegt bekommen, sich anzufassen, dass er es sich – wenn überhaupt – nur im Bett unter der Decke traute. Er schlug die Beine fest übereinander und sehnte sich, während er an sich herabblickte, nach glatten, zarten Formen. In der Umkleide zogen sie ihn aus und stellten sich in einer Reihe vor ihm auf. Er kam einfacher davon als gedacht – »He, guck mal, was der für einen Brummer hat! Na Mahlzeit!«

Die Umkleidespiele zeichneten sich durch ihre Vielfältigkeit aus – eins beinhaltete das Streicheln, Abklatschen, Kneifen, Herumziehen und Quetschen seines Hinterns. Wasserdampf und Tropfen erwiesen sich als gute Tarnung für seine Tränen. Sie nahmen ihn nicht als Jungen wahr; nannten ihn mal Natela, mal Maqwala, öfter noch – Tsitsino. Er ließ bei seinem Vater anklingen, dass er aufhören wollte. Lascha könne von ihm aus die Schule sausen lassen, aber zum Boxen würde er gefälligst so lange gehen, wie der Vater sagte, war die Antwort. Laschas Hintern wuchs, ebenso wuchs der Einfallsreichtum der Boxer. Einer nahm ihn zur Seite und erzwang Laschas Hand – er solle mal sehen, vielleicht gefiele es ihm ja. Lascha wurde übel; er kotzte ihn an. Am nächsten Tag drehten sie eine Ehrenrunde um ihn – sie wüssten, dass er gerne Schwänze und Eier streichelte, er solle sich keine Sorgen machen, es stünden genug zur Auswahl. Ob wegen des heißen Wassers oder des neuen Begrüßungsrituals – Lascha hatte an diesem Tag seinen ersten Anfall. Beim Anblick der weißen Augäpfel und des gelben Schaums, der aus seinem Mund quoll, flüchtete der nationale Genpool Hals über Kopf aus der Umkleide.

Sie schrieben die Ohnmacht einer beim Boxen erlittenen Gehirnerschütterung zu und schenkten Lascha damit einen der glücklichsten Monate seines Lebens. Die Großmutter arbeitete, der Vater fuhr das Auto seiner Frau von einer Geliebten zur nächsten, Lascha selbst aber war ganz alleine zu Hause, den ganzen Tag lang. Die Musik bis zum Anschlag aufgedreht, hatte er die Kleider von Oma und Mama auf dem Bett bereitgelegt. Er spielte Schönheitswettbewerb, Make-up, Mimik, Pantomime, Defilée – kurz gesagt, er feierte Flitterwochen mit sich selbst, und daraus folgte der Entschluss, sein Zuhause hinter sich zu lassen und eine richtige Frau zu werden, koste es, was es wolle.

»Guten Tag, Frau Tsertswadse, Ihrem Sohn geht es gut. Er bleibt über Nacht bei meiner Großmutter. Er ist verletzt, alle lebenswichtigen Organe sind jedoch heil geblieben.« Offensichtlich war Gega Tsertswadse Berdias Anruf zuvorgekommen, jedenfalls war Tekla Tsertswadses Intonation eiskalt:

»Wir haben ihn zehn Jahre lang behandeln lassen und konnten es ihm trotzdem nicht austreiben. Er weigert sich, zum Menschen zu werden, und Sie helfen ihm auch noch dabei.«

Berdia war unsicher, ob es an Skype lag oder ob sie tatsächlich so jung war, wie sie auf dem Monitor aussah. Kaum älter als dreißig. Eine Frau, schneidend und dünn wie Papier.

»Frau Tsertswadse, ich bin Sozialarbeiter. Es fällt in meinen Aufgabenbereich, mich um ausgestoßene Kinder zu kümmern. Laschas Vater weigert sich, ihn ins Haus zu lassen, ihr Sohn aber hat nichts außer seiner Unterwäsche; er hat nichts mitgenommen. Sein Ausweis, Schulbücher, Hefte, Computer, Kleidung – alles ist noch dort. Vielleicht könnten Sie vermitteln. Er muss schließlich noch zur Schule gehen, lernen … sein Leben weiterleben.«

»Weißt du was, mein Kind, es ist die Schule, die meinem Jungen diese Flausen in den Kopf gesetzt hat. Sein Gehirn wurde mit westlichen Versuchungen gewaschen. Was wird ihm dort beigebracht? Ehrung des Fleisches, Missachtung der Eltern, Hemmungslosigkeit. Was will er in der Schule, er lernt sowieso nichts. Wenn ihr ihm was Gutes tun wollt, bringt ihn zur Kirche, soll er beichten und seine Laster bereuen! Betet, dass er zum Mann wird! Er braucht keine zusätzliche Bestärkung. Mein Gott, was habe ich verbrochen, dass mein einziges Kind krank und pervers ist? Wäre es nicht besser gewesen, er wäre nicht geboren?«

Sie weint bitterlich.

»Ich kann Sie verstehen, Frau Tsertswadse, ich kann Ihren Schmerz verstehen. Aber vielleicht könnten Sie uns zumindest mit der Kleidung, den Büchern und dem Ausweis helfen? Ich hole sie selbst ab, damit Ihr Mann keine Umstände hat. Sprechen Sie mit ihm?«

Am Abend ruft Gega Tsertswadse Berdia an und sagt barsch: »Ich habe den Koffer zu seinem Patenonkel gebracht. Fahren Sie hin und holen Sie ihn ab.« Berdia hat während seines Praktikums gelernt, welche strategische Bedeutung es im Umgang mit der Familie des Betreuten hat, sich zu bedanken. Deshalb schreibt er Tekla Tsertswadse über Skype: »Vielen Dank, Frau Tsertswadse, ich fahre später zu Laschas Patenonkel und hole seine Sachen ab. Ohne Sie wäre das nicht gelungen. Falls Sie noch irgendwelche Fragen haben sollten, melden Sie sich jederzeit. Mit freundlichen Grüßen, Berdia Mikiaschwili.«

Er stellt einen mittelgroßen grauen Koffer auf den Wohnzimmertisch. Vor dem Koffer sitzt Lascha Tsertswadse, neben ihm sitzen – Berdia und Oma. Berdia bedeutet ihr mit den Augen, dass sie in die Küche gehen und den Jungen mit seinem persönlichen Hab und Gut alleine lassen sollten.

»Ach, mein Lieber, hast du gesehen, wie sein Blick erloschen ist, als er den Koffer sah? Er ist sich bewusst geworden, dass er nicht mehr nach Hause kann«, meint die Oma.

Die Teekanne pfeift, sie schenken ein, trinken aus, es pfeift wieder, sie schenken ein und trinken. Nach der vierten Runde stehen sie auf. Neugierde siegt über Professionalität und Berdia späht ins Zimmer. Auf dem Eichenparkett im Wohnzimmer der Mikiaschwilis ist eine Steppdecke ausgebreitet. Ein Fetzen von Laschas Lieblings-T-Shirt mit Schriftzug liegt auf dem abgerissenen Einband seines Tagebuchs. Die von der nagelneuen Jeans abgerupfte Hosentasche hat sich auf den zerschnittenen Pandasocken wiedergefunden. Der in der Mitte auseinandergebrochene Laptop mit dem abgebissenen Apfel samt seiner Schutzhülle liegt traurig auf dem abgeschnittenen Ärmel vom Kapuzenpulli der Uni Thessaloniki. Mitten auf der sorgfältig zusammengeflickten Steppdecke sitzt Lascha Tsertswadse und reibt seine Handflächen so stürmisch aneinander, als wolle er ein Feuer entfachen.

»Er zieht sich die Hosentaschen bis zu den Knien herunter und läuft den ganzen Tag mit herauslugender Unterhose rum. Ich glaube, etwas stimmt mit seinem Geschlechtsteil nicht.« Jede Woche schickte die Kindergartenleiterin nach seiner Großmutter. Sie waren bei drei Kinderärzten. Einer war in Rustawi, einer in Tbilissi, einer – war ein Professor. Der Rustaweler und der Professor stellten dieselbe Diagnose: Er habe zu viele Salze im Urin und müsse nach jedem Wasserlassen gründlich mit Milch gereinigt werden. Der Tbilisser Arzt sah aus wie ein Sumoringer. Er hatte einen kurzen, breiten Hals und ein sackartiges Doppelkinn. Er bat die Großmutter, sie alleine zu lassen, hob den Patienten auf den Tisch und fragte:

»Na, mein Junge, ziehst du dir gerne die Hose runter?«

»Ja.«

»Ich ziehe mir gerne die Ärmel hoch, guck!«

Er zog sich das senfgelbe Hemd bis zu den Ellbogen hoch.

»Cool, oder?«

»Jaaa!«

»Meine Frau schimpft immer mit mir, ich musste fast auch zum Arzt.«

Lascha musste kichern. »Du bist aber ein netter Arzt. Du gibst mir bestimmt keine Spritze.«

»Kannst du raten, wieso ich meine Ärmel gerne hochziehe?«

»Ich weiß es! Ich weiß es!«

»Du weißt es? Bist du dir sicher?«

»Jaaaaa!«

»Du hast zwei Versuche. Wenn du es errätst, kannst du dir damit anhören, was im Heizungsrohr vor sich geht. Alles klar?«

Er nahm das Stethoskop von der Schreibtischlampe und legte es um Laschas Hals.

»Jaa!«

»Lascha Tsertswadses erster Versuch!«

»Du magst deine Arme nicht und willst sie dir abschneiden!«

»Hmm! Gar nicht so schlecht! Siehst du, was für Pranken ich habe, wer mag so was schon! Und? Hast du noch eine Idee, junger Mann?«

»Was?«

»Noch eine Idee, wieso ich meine Ärmel hochziehe?«

»Jaa!«

»Ich höre!«

»Du magst dein Hemd nicht. Du magst Kleider, aber du darfst keine anziehen. Und wenn du heimlich eins anziehst, schimpfen sie mit dir!«

»Recht haben Sie, junger Herr Tsertswadse! Ich wette, dass ich auch raten kann, wieso du deine Hose herunterziehst.«

»Was?«

»Ich wette, dass ich es erraten kann.«

»Nein! Du errätst es nicht!«

»Na gut. Wenn ich es nicht errate, schenke ich dir mein Stethoskop. Abgemacht?«

»Abgemacht!«

»Der junge Herr Tsertswadse zieht seine Hose runter, weil er lieber ein Kleid tragen möchte, aber sie erlauben es ihm nicht und schimpfen mit ihm. Habe ich recht?«

»Jaaaaa!«

»Soll ich noch etwas erraten?«

»Jaa!«

»Aber das flüstere ich dir ins Ohr, damit es niemand hört, ja?«

»Okay.«

Er lehnte den kürbisartigen Kopf zu Lascha und flüsterte:

»Der junge Herr Tsertswadse mag seinen Penis nicht und wünschte, er würde verschwinden.«

»Jaaa!«

»Aber er ist nun einmal da, genauso wie meine Arme. Was machen wir denn nun?«

»Du schneidest deine Arme ab, wenn du groß bist.«

Und er schwieg verschmitzt.

Der Tbilisser Arzt sagte zu Lascha Tswertswadses Großmutter, dass ihr Enkel »besonders« sei. Dr. Wascha graute es bei der Vorstellung, irgendein fortschrittsverdrossener Moralist könnte diesem Dreikäsehoch, der als Frau geboren wurde und als Frau sterben würde, Hormone zum Ansporn einer aggressiven maskulinen Natur verabreichen. Deshalb beschwichtigte er sie: »Es geht von alleine weg, wenn er älter wird. Sie brauchen ihn nicht grundlos zu quälen.« Beim Abschied rief er ihnen zu: »Ich brauche nichts weiter von Ihnen, kommen Sie nur ab und zu zur Kontrolle vorbei. Falls er im Kindergarten oder in der Schule Probleme bekommen sollte, geben Sie denen meine Nummer und ich kümmere mich um den Rest.«

Lascha Tsertswadse hatte das Stethoskop in beiden Ohren stecken und lauschte andächtig dem Heizungsrohr.

5. YOGA PARADISE

»Haben Sie Ihrem Kind schon einmal beim Masturbieren geholfen?«

»Wie bitte?«

Irakli Tschimagadse nahm Tinas fassungsloses Gesicht einfach nicht zur Kenntnis.

»Nach dem Sex«, erzählte er weiter, »summt sie stundenlang vor sich hin. Anfangs habe ich nicht verstanden, was sie summte, bis ich irgendwann herausfand, dass es sich um den Soundtrack einer türkischen Seifenoper handelte. Die Pflegerin guckt manchmal so was. Der Sexologe meinte, sie solle keine Erotikszenen zu Gesicht bekommen.«

»Wie alt ist Ihre Tochter?«

»Sechzehn.«

»Okay.«

»Sie hat ein Nerventrauma. Sie spricht zwar ein wenig und kann gut laufen, aber letztes Jahr wurde sie geschlechtsreif.«

Irakli erzählte geordnet und sachlich wie ein unvoreingenommener Spezialist.

»Können Sie der Pflegerin nicht sagen, dass sie den Fernseher abdrehen soll?«

»Sie ist unsere elfte Pflegerin in Folge und hat schon über ein Jahr ausgehalten. Likuna hat jeden Tag Anfälle. Der längste dauerte vier Tage.«

»Oje. Und was kann man da machen? Also …«

»Sie hat Beruhigungsmittel verschrieben bekommen. Ich habe sie ihr einmal verabreicht und sie lag eine Woche lang herum wie tot. Konnte nichts essen, machte in ihre

Windeln. Als ich sie zum Wechseln hochheben wollte, war ihr Skelett schwer wie ein Schiffsanker.«

Vielleicht hat ihn der Kummer verrückt gemacht, oder aber er war schon so ausgelaugt auf die Welt gekommen. Tina betrachtete Iraklis trendig geschnittene, angegraute Haare und die glatte Haut. In Gedanken erzählte sie Rogawa von den Details dieser seltsamen Begegnung, als wäre sie als Reporterin hier. Sie beschrieb den Mann mit zwei Worten: gut gepflegt.

»Und was passiert, wenn Sie ihr kein Beruhigungsmittel geben?«, fragte Tina.

»Sie reibt sich an den Wänden und steckt sich alles hinein, was sie in die Hände bekommt. Wenn ich nicht rechtzeitig eingreife, scheuert sie sich alles blutig. Dort unten.«

Das »Yoga Paradise« liegt neben dem »Thai Eden« auf der Perovskayastraße. Da die Mädchen vom »Thai Eden« ihre Dienste irgendwo zwischen Massage und Eros anbieten, wird das fernöstliche Selfcare-Paradies nur von jenen Tbilissern aufgesucht, deren Verlangen größer ist als die Angst um ihren guten Ruf. Tina und Irakli sind zu zweit hier. Das orangefarbene Licht gibt dem mit unpoliertem Stein gefliesten Raum das Flair eines intimen Boudoirs. Die Schallisolierung ist so wenig professionell, dass man seinen eigenen Atem und auch den der anderen hören kann. Tina kommt seit zwei Monaten her. Entspannt hat sie sich in der Zeit, beruhigt weniger. Im Vergleich zum Mann hinter ihr kann sie jedoch wahrlich als ausgeglichen bezeichnet werden. Er versucht schon seit längerem, sein Weinen zu unterdrücken. Um ihr ihre lesbischen Neigungen auszutreiben, wurde Tina in ihrer Kindheit regelmäßig von der Mutter in die Kirche gebracht. Beim Gottesdienst standen sie nebeneinander. Die Mutter wandte den Blick nicht vom heiligen Nikolaus, Tina von den Leuten, die kamen und gingen. Die unglücklichsten Menschen beteten zur Mutter Jesu und zum heiligen Nikolaus, die kummervollsten – zum Gekreuzigten. In den Tagen vor Ostern weinte hinter ihnen eine Frau mittleren Alters so laut, dass sich Tina nicht mehr zurückhalten konnte – sie rannte zu ihr und umarmte ihren Bauch. Die Frau war gerührt. Sie beugte sich hinunter und küsste sie auf den Kopf.

»Du wirst mal ein sehr glückliches Mädchen, glaube mir!«

In der Umkleide des »Thai Eden« war sie in den geschmackvoll gekleideten Mann hineingelaufen. »Ich wollte einen Tee trinken«, sagte Tina selbstvergessen. »Ich könnte auch einen vertragen«, entgegnete er, ohne sie ausreden zu lassen. Sie redeten ganze vier Stunden und 28 Minuten lang ununterbrochen im »Prospero Books«-Café. Hauptsächlich über ihr Leben. Als Journalistin hat Tina schon viel gesehen. Sie hat über das Erdbeben von Haiti berichtet, über die russische Invasion in der Ukraine, die Kriminalität in Südafrika, Amokläufe an US-Schulen, Tschernobyl zwanzig Jahre später, Kinderprostitution in Rio. Sie hat zwei Masterabschlüsse, in Sozialpolitik sowie in Politikwissenschaft – aber Sexualwissenschaft ist nicht ihre Stärke. Wie hätte sie sich vorstellen können, dass ein Mensch mit einem so schwerwiegenden neurologischen Trauma wie Iraklis Tochter Sex haben könnte; vom Bedürfnis danach ganz zu schweigen.

»Der letzte Sexologe meinte, wir sollten einen Prostituierten besorgen. Ich wusste nicht einmal, dass es männliche gibt.«

»…«

»Zuerst hat er den dreifachen Betrag verlangt. Ich stimmte zu und bezahlte ihn im Voraus. Doch sobald er Likuna sah, verschwand alle Farbe aus seinem Gesicht. Er warf mir das Geld vor die Füße und entschuldigte sich. Er könne das nicht. Ich bin ihm fast bis zum Innenhof gefolgt und habe ihn nur unter Flehen wieder ins Haus bekommen.«

»Und Likuna? Hat sie sich erschrocken?«

»Nein! Sie schien zu wissen, wer das war, und begann ihn zu streicheln, als würde sie einen Mann nach dem anderen haben. Danach summte sie den ganzen Tag vor sich hin und aß ohne Hilfe.«

»Kommt er noch mal vorbei?«

»Ab Oktober. Den Sommer über ist er zum Arbeiten in der Türkei. Er ist Geld gegenüber etwas leichtfertig eingestellt. Stell dir vor, er nimmt keinen Cent von mir! Mal schenke ich ihm Kleidung, mal irgendwelche Gadgets.«

»Ein seltsamer Prostituierter.«

»Er sei Sexualtherapeut, meinte er.«

»Sexualtherapeut? Noch nie gehört. Gibt es dafür eine Ausbildung?«

»Er hat einen Onlinekurs absolviert, aber die Prüfung für das Zertifikat nicht abgelegt.«

»Warte, heißt das, du musst ihr bis Oktober die Medizin geben?«

»Nein, keine Medizin mehr, Tina! Ich kann meine Tochter in halbtotem Zustand nicht mehr ertragen. Mir wurde eine Sexologin empfohlen. Lilli, ich habe den Nachnamen vergessen. In Wake, im ehemaligen sowjetischen Medizinkombinat. Willst du mitkommen? Ich geniere mich ein wenig. Der letzte Sexologe war ein Mann.«

6. VOM KOPF HER FRAU

Mehr als die Hälfte trägt eine Sonnenbrille, manche haben Kopfhörer in den Ohren. Sie stehen auf Distanz, bei der Radiologie – damit ja niemand auf den Gedanken kommt, sie würden auf den Sexologen warten. Dabei fällt das Licht durch die alten kommunistischen Fenster, wie zum Trotz genau auf die in der heruntergekommenen Klinik wartenden Patienten. Es gab mal eine Zeit, in der man hier ohne Beziehungen nicht einmal die Nasenspitze hineinbekommen hätte; hier kümmerten sich einst die herausragendsten Ärzte um Parteielite und Intelligenzija. Als sich Lilli dem hiesigen Kollektiv anschloss, war sie eine 26-jährige, frischgebackene Gynäkologin mit dichtem, lockigem Haar und für ihre schmale Figur erstaunlich klobigen Händen. Jetzt sitzen Tina und Irakli vor ihr. Und wer würde dem Sohn des ersten Stellvertreters des Außenministers schon einen Wunsch abschlagen?

»Wieso möchten Sie nicht mehr zu Waniko gehen? Er ist ein herausragender Experte.«

»Er ist in die USA gezogen, Frau Doktor.«

»Wann das denn? Herrje, was passiert nur mit uns! Wenn wir nicht bald einen Regierungswechsel haben, bleibt niemand mehr zurück außer den Alten und Kindern. Da sind mir die Banditen vorher ja lieber gewesen. Jetzt holen sie den Patriarchen wieder aus dem Keller hervor und predigen, dass Gott uns bestraft, weil wir nicht mit unseren russischen Glaubensbrüdern befreundet seien. Als ob wir etwa vom gleichen Glauben satt würden!«

Die Risse in der Wand hinter ihr wurden von Illustrationen verdeckt. Auf der Wand gegenüber hing ein ausgeblichenes Mendelejew'sches Periodensystem, dessen unterschiedliche Elemente in unterschiedlichen Grautönungen in sowjetischer Harmonie mit dem schmutzigen Hintergrundweiß verschmolzen. In der Gebärmutter, die auf dem Tisch stand, hatte sich ein Embryo wie ein Straßenhund zusammengerollt.

»Ab wann nahm das sexuelle Verlangen nach dem Trauma zu?«

»Die ersten vier Monate war sie im Koma. Wir dachten, sie wacht nicht mehr auf. Nach einem halben Jahr hat sie angefangen zu sprechen. Bis zum letzten Jahr gab es nichts Auffälliges, aber … Sie hatte eine Pflegerin – Dodo. Dodo schlief in ihrem Zimmer und eines Nachts stürmte sie schreiend heraus. Sie wollte nicht alles erzählen. Sie meinte, Likuna habe schlecht geträumt und sie auf einmal gepackt. Wir verstanden nicht, was sie meinte. Später erst erfuhren wir von einer anderen Pflegerin – Lamara –, sie habe nachts nach ihrer Hand gegriffen und masturbieren wollen. So erfuhren wir, was mit ihr los war.«

»… erfuhren wir von der Pflegerin Lamara, sie habe nach ihrer Hand gegriffen und mas-tur-bie-ren-woll-en.« Die Ärztin notierte sich Irakli Tschimagadses Antwort Wort für Wort in die Patientenakte.

»Irakli, wie lange steht sie bereits unter Medikation?«

»Seit einer Woche. Ich weiß, was Sie denken, aber als der Arzt damals meinte, ich müsse ihr entweder beim Masturbieren helfen oder einen Sexarbeiter beauftragen, dachte ich zunächst, ich bin im falschen Film. Dann musste ich mich an den Gedanken gewöhnen. Die Sache ist nur, dass Likunas Sextherapeut in die Türkei gegangen ist und wir noch keinen Ersatz finden konnten. Wenn sie es alleine versucht, scheuert sie sich blutig. Ist es möglich, dass ihr jemand beibringt, wie es geht, ohne sich zu verletzen? Eine Art Training oder so …«

»Selbstverständlich. Genauso müssen wir auch vorgehen. Wir arbeiten hauptsächlich mit den Pflegern zusammen. Bringen Sie Likunas Pflegerin her und zuerst unterrichte ich sie, danach ein Psychologe. Wir können sie auch telefonisch beraten.«

»Und wenn Sie Likuna selbst unterrichten?«

»Irakli, es ist bei Weitem ungefährlicher, wenn ihr jemand dabei hilft.«

»Frau Doktor, wir haben mittlerweile elf Pfleger durch. Momentan arbeiten zwei Pflegerinnen bei uns, die sich abwechseln. Ich glaube nicht, dass sich eine von den beiden zu so etwas bereiterklärt.«

»Dann müssen Sie sie eben zwingen. Aber um ihre Ehemänner bei Laune zu halten, nehmen sie sie problemlos in den Mund, was? Als ob eine Vagina nicht sauberer wäre!«

Tina prustete los, Irakli kicherte zurückhaltend.

»Könnten Sie in diesem Fall nicht eine Ausnahme machen?« Wieder war es Tina, die agierte.

»Selbstverständlich könnte ich, meine Liebe, das ist nicht das Problem, aber es wird nicht funktionieren, verstehen Sie?«

Die Ärztin beugte sich mit dem gesamten Körper über den Tisch und führte weiter aus: »Mutter, Schwestern, Cousinen … sind in diesem Fall unerlässliche Alternativen.«

»Wie das?«

»Likuna hat doch eine Mutter oder Schwester?«

»Sie hat eine Mutter ... aber nicht mehr.«

»Eine Tante, Patentante?«

»Ich bin Einzelkind, Frau Doktor. Sie hat einen Patenonkel; ihre Patentante lebt nicht mehr.«

»Nun denn ...« Sexologin Lilli nahm den Papierstapel, klopfte ihn auf dem Tisch gerade und blickte Irakli Tschigamadse durchdringend in die Augen.

Irakli Tschigamadse wünschte sich von ganzem Herzen, tot umzufallen.

»Monika.« Sie reicht ihnen schwach die Hand.

»Tina. Irakli.«

Sie hat rote Haare und ist mittelgroß. Ihre Beine scheinen am Hals anzusetzen und endlos zu sein. Sie besetzt ein Viertel der Sitzfläche des Stuhls, die faustgroße Tasche fest in beiden Händen. Sie hat so raffinierte Gesichtszüge, dass man den Blick kaum abwenden kann.

»Monika, wie haben Sie von uns erfahren?«

»Ein Freund hat mir Bescheid gesagt, Waschiko. Mit Aussicht auf Festanstellung, meinte er.«

Als Tina für den »Meridian Marvel« über Prostitution in Georgien schrieb, hatte sie sich zur Recherche mit vier Gesprächspartnerinnen getroffen. Zwei davon waren professionelle Models, die von ihrer Agentur an hochrangige ausländische oder lokale Kunden für fünfhundert Dollar die Stunde vermietet wurden. Die Dritte befriedigte die auf der Fahrt nach Awtschala am Straßenrand parkenden Autofahrer mit Oralsex. Der Vierte, der 24 Jahre alte Waschiko Eremadse, arbeitete unter der Woche als Trainer im Fitessstudio, am Wochenende aber, getarnt als Personal Trainer, als Sexarbeiter.

»Festangestellt in welchem Sinne? Sie müssen jeden Monat sechs Tage lang hier wohnen und den Bedürfnissen entsprechend arbeiten.«

»Wie viele Kunden habe ich pro Tag?«

»Nur eine. Ein junges Mädchen, sie heißt Likuna.«

»Das Gesamtpaket?«

»Was bedeutet das?«, fragte Irakli scheu.

»Oral, vaginal, anal. Aber ich mache kein S/M.«

»Wie soll ich sagen … meine Tochter ist kein gewöhnliches Mädchen. Sie hat ein Hirntrauma, das sich auf Sprache, Kognition und Motorik auswirkt.«

Monika ist einen Moment verwirrt, fängt sich aber recht bald.

»Ach soo, sie ist geistig zurückgeblieben? Kein Problem, ich habe Erfahrung damit.«

Iraklis Protest wird von Tinas strengem, stechendem Blick torpediert.

»Wirklich? Wie viel Erfahrung? Erzählen Sie uns ein wenig davon, Monika.«

»Ein Junge; er heulte wie ein Wolf. Er war von Geburt an so, und immer, wenn er eine Erektion hatte, schlug er damit auf Möbel ein. Er verletzte sich ein paar Mal. Danach half ich ihm.«

»Und dann brauchte er Ihre Hilfe nicht mehr?«

»Er ist tot. Er hatte Gehirnhautentzündung und ist am Fieber gestorben. Ich hatte noch eine, die Tante eines Stammkunden. Sie hat in recht jungen Jahren Alzheimer bekommen und ihr Ehemann rührte sie nicht mehr an. Ich arbeitete fast zwei Jahre lang mit ihr.«

»Ist die Arme gestorben?«

»Nein, sie lebt, aber sie hält sich selbst für ein kleines Mädchen. Einmal ging ich hin und traf sie mit Schulranzen und Zöpfen an. Sie warte bis zur Hochzeit.«

Monika spricht wie eine CNN-Nahostkorrespondentin. Du redest mit ihr, sie hört mit nachdenklichem Gesichtsausdruck zu und antwortet nach einer Verzögerung von einigen Sekunden. Jedoch stets mit einem euphorischen Lächeln, als gäbe es nichts Erfreulicheres, als dir Rede und Antwort zu stehen.

»Ich möchte Ihnen noch etwas mitteilen. Sie werden es sowieso herausfinden, deshalb ist es mir lieber, Sie erfahren es von mir.«

»Bitte.«

»Monika ist mein jetziger Name. Ich bin geboren als Lascha Tsertswadse.«

»Sie sind eine Frau, wollen aber ein Mann werden?«, fragt Irakli.

»Nein.« Monika muss lächeln. »Mein biologisches Geschlecht ist männlich, aber ich bin vom Kopf her eine Frau.«

Irakli scheint immer noch verwirrt. Bevor er etwas Dummes sagen kann, schaltet sich Tina ein:

»Was macht das schon für einen Unterschied für Likuna? Hauptsache, Sie beide verstehen sich.«

Sie ziehen sich in die Küche zurück. Transgender-Personen hatten sie bisher nur in Almodóvar-Filmen gesehen, und dort schienen sie in Ordnung zu sein. Doch im Moment überfordert sie die Frage, ob ein körperlich männlicher Mensch, der im Kopf weiblich ist, in diesem Fall gut ist oder nicht.

»Weißt du was, sie gefällt mir. Sie wirkt liebenswürdig. Samt entsprechender Berufserfahrung.«

»Hauptsache, sie gefällt Likuna.«

»Sie wird ihr gefallen, oder?«

»Und wenn sie Angst bekommt? Sie ist ja nur halb eine Frau.«

»Kann Likuna das erkennen, deiner Meinung nach?«

»Ich weiß es nicht.«

»Wieso suchen wir eigentlich explizit nach einer Frau?«

»Es ist ungefährlicher. Eine Frau ist zärtlich und wird ihr nicht wehtun. Manutschar war zwar auch ein guter Junge, aber ich traue Männern nicht ganz.«

»So gesehen hat Monika auch einen Penis.«

»Ja, aber hast du nicht gehört, was sie gesagt hat? Sie ist vom Kopf her Frau.«

Monika lehnt beobachtend am Türrahmen.

»Likuna, das ist Monika. Komm, gib ihr die Hand«, säuselt die Pflegerin Lamara. Eine großäugige Gestalt lehnt an der Wand. Das dünne, strohblonde Haar fällt ihr auf die Schultern und ihr rechter Zeigefinger malt Figuren an die Wand. Aus dem Augenwinkel schielt sie zu Monika.

»Sie geniert sich vor Ihnen. Ist es in Ordnung, wenn Sie uns alleine lassen?«

Lamara verlässt das Zimmer mit einem herablassenden Lächeln im Gesicht. Monika nähert sich der Wand und malt Wellen mit ihren Fingern, kurze und aufgewühlte Wellen. Likuna nähert sich den Wellen und stützt sich mit Hüfte und Schulter gegen Monika, als wolle sie ihren eigenen Körper auf dem ihren abstellen. Ihr Zeigefinger malt die Umrisse einer Figur inmitten von Monikas Wellen.

»Ist das ein Fisch, Likuna?«

Zur Verneinung schüttelt Likuna energisch den Kopf und weicht zurück.

»Ein Delfin! Dass ich das nicht erkannt habe! Ein Delfin, stimmt's?«

»Uuuuuh!«

»Ok. Aber dein Delfin braucht doch einen Freund, oder?«

Monika bewegt ihren Finger und erlöst Likunas Delfin aus seiner Einsamkeit. Likuna legt sich Monikas malende Hand zwischen Kopf und Schulter, beginnt zu summen und wiegt sich langsam hin und her. Monika führt ihre andere Hand an Likunas Wange und wiegt sich in ihrem Takt. Likuna geht zum Bett. Sie legt sich hin, das Gesicht zu Monika gewandt, wie ein behaglich zusammengekauerter Embryo. Sie hält Monikas Hand mit beiden Armen fest; ihre Lippen kleben an Monikas Hand. Sie summt.

»Träumst du manchmal?«

Likuna antwortet mit einer gebrummten Silbe, aus der man nur ein E heraushören kann.

»Ich auch, sehr oft.« Monika lächelt.

»Aaaniii«, grummelt Likuna.

»Soll ich dich kraulen? Wo, hier?«

Likuna ist auf einen Schlag so still, dass es für Monika offensichtlich ist, dass sie genau dort gekrault werden will. Sie wärmt ihr Handgelenk an Likunas Wange und streicht mit ihren Fingern durch ihr Haar. Einen so glühend heißen Kopf hat Monika noch nie gestreichelt. Vor Wärme rollt auch sie sich zusammen und schlummert friedlich ein.

7. DER BUNTE DRACHE JESU

Abgesehen vom Qualm, der aus dem Rohr stieg, hätte es das Kirsaneti-Kloster in Sachen Camouflage mit jedem Chamäleon aufnehmen können. Der an der nackten Felswand klebende und aus demselben Stein erbaute Zufluchtsort bestand aus fünf Gebäuden, die rund um die Kirche angeordnet waren, als würden sie sie vor Feinden verstecken wollen. Eine Allee aus Granatapfelbäumen führte von den Schlafzellen zum Refektorium und endete bei den aus Holzbrettern errichteten Latrinen. Ein Ast der dreihundert Jahre alten Eiche ragte über das Klosterdach, ein anderer über das Refektorium; der Rest spendete dem Innenhof Schatten. Die Küche trennte die Schlafräume der Nonnen von jenen der Gäste. Der Archimandrit lebte in einem einstöckigen Gebäude neben dem Eisentor. Auch der Bischof wohnte dort. Sie bereiteten sich seit vier Tagen auf die Ankunft der Gäste vor. Die Wahlen standen bevor und die Gouverneure samt ihren Vorgesetzten in der Regierung hatten sich wie Sankt Nikolaus ihren Sack voller Geschenke und Versprechen über die Schulter geworfen, um damit Eparchie nach Eparchie abzuklappern. In ganz Georgien legten Nonnen ihre Gebetsbücher zur Seite und wuselten eifrig um kochende Chinkali-Töpfe herum. Auch die Mönchsklöster kamen nicht zu kurz; aufgrund des mangelnden kulinarischen Talents der Mönche wurden jedoch – mit dem Segen des Bischofs – zusätzliche Kräfte aus dem Nonnenkloster akquiriert. In jenem Herbst wurden die Kirchen des der Gottesmutter gewidmeten Landes zu einer großen Küche.

Schwester Elene konnte die Frauen aus Tiflis auf den Tod nicht ausstehen. Mit Kühen konnten sie nichts anfangen, vor wilden Tieren hatten sie Angst und auf alles reagierten sie allergisch: auf Sonne, Blumen, Staub, Dung und Dörfler. Zudem verschwendeten sie ihre gottgegebene Liebe gnadenlos an Hunde, Katzen, Schafe und sogar Hühner. Sie arbeiteten entweder in der Küche, putzten die Kirche – gemächlich und stöhnend –, oder aber sie wussten alles besser und wollten die gesamte klösterliche Landwirtschaft umkrempeln. Kurz gesagt, Schwester Elene konnte daher auch Mutter Barbare auf den Tod nicht ausstehen. Hinter ihrem Rücken nannte sie sie »Madame Coucou«. Aber Mutter Barbare ließ sich von der »Schornsteinfegerin des Herrn« nichts sagen. Wie lange schon wollte der Bischof Schwester Elene loswerden! Er versuchte sie mit einem Angebot nach dem anderen wegzulocken. Er bat seinen Kumpel, den Archimandrit des Dreifaltigkeitsklosters Kasreti, ihr den Posten der Verwalterin anzubieten. Die Schlafzellen dort hätten eigene Toiletten, so dass sie nicht ständig in den Innenhof rennen müsste – erfolglos. Sie habe in Kirsaneti, in diesem kargen Kloster, zu Gott gefunden und werde auch hier begraben werden, so Schwester Elene. Beichtzungen munkelten, sie habe sich – ermüdet von der Erwartung des göttlichen Gemahls – eine irdische Verlobte gesucht. Wenn auch – zunächst – platonisch. Die Nonnen lebten paarweise, und selbst wenn der Herrgott ein Auge zugedrückt hätte, den mit christlicher Liebe getränkten Blicken der Mitbewohnerinnen entging nichts.

Mutter Barbare leitete die Kochvorbereitungen. Ihr kerzengerader Rücken verlieh ihr ein stolzes Erscheinungsbild. Das Nonnentum stand ihr gut. Kirsaneti war noch nicht einmal fertig gebaut gewesen, als sie aus Tbilissi angekommen war. Niemand wusste, was sie dem Bischof gebeichtet hatte, aber schon nach sechs Monaten legte sie ihr Gelübde ab. »Lächeln und Abstand halten«, pflegten die Nonnen hinter ihrem Rücken zu sagen. Vater Theophilos machte keinen Schritt ohne Rücksprache mit ihr. Das Menü war zusammengestellt worden und hing an der Wand. Allen Nonnen und Gottesdienern waren konkrete Aufgaben zugeteilt worden, damit sie einander nicht im Weg standen. Schwester Elene wurde die Aufgabe zuteil, Auberginen zu braten und sie, gemeinsam mit Schwester Martha, mit Walnusssoße zu garnieren. Die Worte, die sie sich bereits am Vortag zurechtgelegt hatte: »Bin ich etwa ein Ferkel, dass ich hier die dreckigste Arbeit erledigen muss?«, blieben ihr im Hals stecken, als sie mit ihrer Liebsten in der Küche eingeteilt wurde. Sie briet zwei Töpfe voll, ohne sich mit irgendjemandem zu streiten. Sie nahm den Topf mit der Walnussmasse unter den Arm und ging in Marthas Schlafraum. Martha wohnte alleine, am Ende des Balkons. Sie schlafwandelte, und alle, die mit ihr das Zimmer geteilt hatten, waren nach einer Nacht ins Refektorium geflohen. Martha räumte auf, betete und plauderte mit ihnen, und wenn sie keine Antwort bekam, rüttelte sie die Zimmernachbarin wach – alles, während sie schlief. Den Nonnen entging das Zurückziehen der beiden mit den Auberginen nicht. Eine nach der anderen liefen sie zu Mutter Barbare und empörten sich, die beiden hätten sich in Marthas Schlafzelle eingeschlossen; ob das denn in Ordnung sei? Solange ihnen die Auberginen gelängen, könnten sie hingehen, wohin sie wollten, meinte Mutter Barbare. Den Nonnen gefiel solch eine bedenkenlose Einstellung dem möglichen Sittenverfall ihrer Mitschwestern gegenüber nicht und so liefen sie, wieder eine nach der anderen, zum Archimandriten: Vater, selbst wenn sie nichts miteinander haben sollten, so stören sie doch die anderen mit ihren Handlungen, ob diese ihm denn nicht leidtäten? Vater Theophilos liebte Martha. Sie war ein fröhliches und geschwätziges Mädchen aus Lagodechi mit einem Herzen aus Gold. Ihre Eltern waren tot und aus Sorge, er müsse sich bis ans Lebensende um sie kümmern, hatte ihr Bruder sie kurzerhand auf die Straße gesetzt, als er heiratete. Sie landete zuerst in der Dorfkirche und danach in Kirsaneti. Weiß Gott, ob sie vorher jemals eine Ikone mit eigenen Augen gesehen hatte, aber als der Archimandrit sie mit dem Jesusgebet segnete, kniete sie vor der gigantischen Ikone des heiligen Georg nieder. Theophilos fragte: »Wieso liest du das Jesusgebet dort, Martha?« »Von allen Ikonen mag ich diese am liebsten, in der Jesus auf einem Esel sitzend am Eingang Jerusalems den Drachen tötet.« Das gesamte Kloster hielt sich den Bauch vor Lachen. Niemand konnte sich erklären, wieso sie sich mit Schwester Elene anfreundete. Elene war ungebärdig wie ein Schäferhund und hatte eine Giftzunge, die jeglichen Beichtsegen mit einem Wort aufheben konnte. Ob hier wohl der Frühling erwacht sei, dachte sich Vater Theophilos, schob die Nonnen beiseite und schlich auf Zehenspitzen zu Marthas Schlafzelle. Er riss die Tür auf. Martha hatte ihren Kopf mit den offenen Haaren in Elenes Schoß gebettet und döste. Beim Anblick von Vater Theophilos erstarrten beide. Er bedeutete Martha, hinauszugehen, und schloss die Tür. Martha rannte weinend in die Küche. Bald darauf munkelten die Nonnen, Schwester Elene werde nach Bolnissi versetzt.

8. GESUND UND MUNTER WIE EIN BÄR

»Ich dachte, es sei ein Junge. Hieß er nicht Jerry?« Vater Kyrill kann sein Erstaunen kaum verbergen.

»Sie heißt Jericho, Vater. Es ist eine Hündin«, meint Theophilos.

»Und sie versucht nicht, mit Batura anzubandeln?«

»Nein, auch während der Paarungszeit hat sie ihn nicht rangelassen, nur angeknurrt. Unglaublich.«

»Sobald sie nicht mehr läufig ist, beruhigt sie sich wieder, Vater. Es ist immer noch ein Hund.«

Vater Kyrill steckt alle fünf Finger in seinen Bart und kämmt ihn geflissentlich. Vater Theophilos reizt die ansteckende Ruhe seines Mitbruders nur noch mehr.

»Ich glaube, sie ist krank. Sie ist ständig läufig. Schnappt sich Decken von irgendwoher, reibt sich daran von früh bis spät und gibt dabei unhündische Laute von sich«, sorgt sich Vater Theophilos.

»Es gibt ein Medikament, Vater, wenn sie das nehmen, spüren sie keine Lust mehr.«

»Ich hatte die Gemeinde gebeten, sich darum zu kümmern. Doch Mutter Barbare wurde bockig wie ein Esel – sie meinte, das würde Jerichos hintere Gliedmaßen lähmen. Sie hat die mit großen Mühen besorgten Tabletten kurzerhand ins Klo geworfen.«

»Vater, und wenn wir sie verschenken? Oder in den Wald lassen?« Vater Kyrill lässt nicht locker.

»Es ist ein Spürhund, Vater. Sie findet auch zurück, wenn du sie in Inguschetien aussetzt.«

»Vielleicht geht es von alleine weg?«, hofft Vater Kyrill.

»Ich warte schon drei Monate. Die Nonnen fühlen sich bereits gestört, einige haben die Hündin sogar in ihren Beichten erwähnt. Habe ich dir erzählt, dass der Bischof nächste Woche zwei Moskauer Geschäftsmänner zu Besuch hat? Ich hege nicht unbedingt den Wunsch, dass sie im Kloster eine wichsende Hündin sehen.«

»Gut. Ich bringe sie morgen früh weg«, gibt Kyrill zur Antwort.

»Bring sie bitte sehr früh am Morgen weg, Vater. Wenn Mutter Barbare misstrauisch wird, kommen wir in Teufels Küche.« Vater Theophilos kratzt sich ungeduldig die Stirn.

»Hält sie sich für den Bischof, oder was?«

»Ich weiß nicht, für wen sie sich hält, aber manchmal sieht sie mich mit solchen Augen an, dass ich am liebsten meine Beichte bei ihr ablegen möchte. Sie hat sich mit dem dummen Mädchen aus Lagodechi zusammengetan, und stärkt ihr noch den Rücken, dieser Schlampe.«

Der Bischof hatte Mutter Barbare den Hund anvertraut. Sie sei Tbilisserin, die liebten Hunde genauso wie Kinder, hatte er gemeint. Der Kopf der Hündin war größer als ihr Körper, sie kippte manchmal nach vorne. Sie passte in eine Hand, als sie ins Kloster kam. Mutter Barbare kochte Brei für sie. Sie bekam ein eigenes, flauschiges Bett. In der ersten Nacht jaulte und winselte sie so sehr, dass sie der Nonne leidtat und diese sie an ihren Hals legte. Die Hündin fror nicht mehr, wurde still und gab bis zum Morgen keinen Mucks mehr von sich. Als Mutter Barbare am nächsten Abend zu Bett ging, tapste der Welpe an ihr Kopfende: Ob wohl jede Mutter eine gute Mutter sei, schien sie mit ihren braunen Augen zu fragen. Der Welpe hatte lange Zeit keinen Namen. Sie konnten sich beim besten Willen auf keinen einigen. Er hatte einen »exotischen« Habitus und Tschorna, Bombora oder Bär passten nicht zu einem Deutsch-Kurzhaar. Einmal telefonierte Mutter Barbare mit ihrer besten Freundin Mantscho. Beide waren große Fans von US-Serien und tauschten Empfehlungen aus. Mutter Barbare war von »Jericho« gefesselt und wollte auch Mantscho von der Serie überzeugen.

»Wie heißt die Serie?«

»Jericho.«

»Eriki?«

»Jericho, Mantscho, Je-ri-cho!«, zerlegte Mutter Barbare, Silbe für Silbe. Die Namenlose robbte unter dem Bett hervor und bellte zum ersten Mal in ihrem Leben.

»Was ist, mein Schatz, hast du Hunger? – Hast du's gefunden? Unter Fantasy.«

»Nein, ich find's nicht.«

»Wie, du findest die Serie nicht, die ist auf jeder Seite. Je-ri-cho. Mit J.«

Der Welpe bellte erneut und setzte sich zu ihren Füßen nieder.

»Ich glaube, sie mag, wie ich ›Jericho‹ sage. Je-ri-cho!«

»Wuff!«

Und so blieb Jericho der Name »Jericho«. Der Bischof liebte sie so, wie georgische Väter ihre Kinder lieben. Er streichelte sie, kraulte ihren Hals und gab sie dann wieder der Nonne zurück. Die anderen überschlugen sich nicht wirklich vor Freude. Es war immer noch ein Hund, und zudem tauchte immer genau dann Geld für teure ungarische Würstchen auf, wenn sich die Schwestern aus Mittellosigkeit monatelang nur von Buchweizen ernährt hatten. Schwester Martha bemutterte den Welpen besonders. Sie stellte einen großen Eimer mitten in die Kammer, heizte Wasser auf und summte und schrubbte so gründlich, bis ihre Hand wehtat. »Gesund und munter wie ein Bär! Gesund und munter wie ein Bär!« Dick wie ein Bär wurde Jericho trotzdem nicht. Sie schoss in die Höhe und ihre Beine wurden lang. In der Zwischenzeit bekam Archimandrit Theophilos ein Prachtexemplar von Husky geschenkt – einen blauäugigen Schneeball. Danach änderte sich der Empfänger der ungarischen Würstchen.

»Martha, wer sind die zwei Gäste?«

»Welche, Mutter?«

»Die neben dem Bischof – der mit der Glatze und der andere, der Sportliche.«

»Kennen Sie die nicht, Mutter? Sie sind Beichtkinder des Bischofs. Mit der Glatze – Gigi Sardiaschwili, er ist im Pharmageschäft. Der zweite – Saba Matschutadse – ist Millionär und lebt in Moskau.«

»Ich habe sie noch nie gesehen.«

»Wahrscheinlich erinnern Sie sich nicht mehr. Sie kommen immer zur Beichte her.«

Die Gespräche an der Tafel plätschern vor sich hin. Ein Toast auf den Patriarchen, ein Toast auf die Glaubensbrüder. Auf Mutter Barbare wird im Namen (aller) georgischen Frauen angestoßen. »Alle, die ihren Anteil an diesem wunderbaren Festmahl hatten«, werden auch nicht vergessen. Der Bischof übergibt das Wort an die Gäste. Der Glatzkopf macht es sich einfach: Er bedankt sich bei den anwesenden Frauen und wünscht ihnen ein langes Leben. Der Sportliche ist wortgewandter, gedankenvoll dreinblickend hält er inne. Im Refektorium herrscht ein Schweigen, wie es nur ein georgischer Mann mit Weinglas zustande bringen kann.

»Meine Schwestern im Geiste! Das Leben eines Mannes wäre seiner Essenz beraubt, wenn nicht so wunderbare und erhabene Geschöpfe seine Seite zierten, wie ihr es seid! Wie ihr bestimmt schon einmal gehört habt, steht hinter jedem erfolgreichen Mann eine starke Frau. Kein einziger Wissenschaftler, Politiker oder Schriftsteller der Welt kann sich anmaßen, seinen Erfolg ohne den Rückhalt einer Frau erzielt zu haben. Ohne Frauen hätten wir keine Relativitätstheorie, keinen Picasso, keinen Salvador Dalí, keinen Stalin, keinen Dawit, den Erbauer. Wir hätten unsere wunderbare Heimat nicht – und selbstverständlich unsere barmherzige Kirche. Ihr standet stets an der Seite unserer Männer, um unsere fundamentalen christlichen Werte zu schützen. Ihr habt gekämpft und ihr seid gefallen für den christlichen Glauben. Im Kreise der georgischen Heiligen stehen unzählige Frauen, die zur Rettung der georgischen Seele keinen physischen Schmerz fürchteten und der Welt ein Vorbild waren. Doch heute hat die georgische orthodoxe Kirche sowie ganz Georgien einen größeren Feind, als es die Kizilbasch oder Araber waren. Dieser Feind kämpft als Wolf im Schafspelz gegen unser geistliches Erbe und erstickt in unseren Kindern das Beste, was unsere namhaften Vorfahren seit jeher so sorgsam gehütet haben. Dieser Feind ist die westliche Welt samt der uns allen wohlbekannten sexuellen Unzucht und der Sünden von Sodom und Gomorra. Die wahrhaftigen Anhänger der georgischen Seele brauchen eure Hilfe so dringlich wie noch nie! Eure Hilfe ist vor allem Gebet und Zuspruch. Und selbstverständlich wird auch eure zum Schutze des Christentums abgegebene Stimme bei den Oktoberwahlen zu einer scharfen Waffe werden. Ihr alle seid Vorbilder für Familie, Freunde und Nachbarn. Euer Wort und euer Handeln sind wahrlich beispielhaft für das ganze Land. Somit bitte ich euch inständig, die Nachricht an alle weiterzutragen. Wäre Jesus heute unter uns, er würde ›Wahrhaftige Wahl‹ wählen.«

9. GOTT DER LIEBE

»Ich kann immerhin kochen. Ich finde schon eine Arbeit. Wir können eine Wohnung mieten und alles wird sich regeln.«

Die etwas ältere Nonne mit den hübschen Augen hat sich zu Füßen ihrer jungen, molligen Mitschwester niedergelassen und zupft liebevoll deren Kopfbedeckung gerade.

»Und was mache ich dort?«

»Hauptsache irgendwas, Martha. Und danach wechselst du zu was Besserem. Wenn du gar nicht arbeiten willst, arbeite ich. Du kannst dich ausruhen.«

»Aber ich habe noch nie in der Stadt gelebt. Ich war nur einmal in der Metro, als Kind. Ich werde ersticken in diesem Betonsarg, Elene. Lass uns beichten, und vielleicht können wir in Kirsaneti bleiben. Wir können Mutter Barbare um einen Gefallen bitten. Du weißt, dass Vater Theophilos ihr nicht widersprechen wird.«

Ein Geräusch hinter der Tür lässt die beiden Nonnen verstummen. Elene schleicht zur Tür und reißt sie auf. Der Flur ist leer. Nicht einmal Jerichos Tapsen ist zu hören.

»Sollen wir unser ganzes Leben lang bärtigen Trollen flehend in den Schoß fallen, damit sie uns unsere Liebe verzeihen? Willst du so alt werden?«, flüstert sie wütend, wieder Martha zugewandt.

»Elene, das Bett ist nicht alles, weißt du? Wir sind doch sowieso jeden Tag zusammen.«

»Zusammen, ja? Kannst du dich überhaupt daran erinnern, wann sie uns das letzte Mal zusammen alleine gelassen haben? Sogar wenn ich ins Bad gehe, habe ich immer eine Spionin auf den Fersen! Und wie sie uns im Refektorium ansehen – voller Hohn und Misstrauen! Ich flehe dich an, ein einziges Mal – wer weiß, wie lange wir noch zu leben haben –, was wäre schon dabei, wenn auch wir nur einmal glücklich wären?«

»Aber es ist eine Sünde! Sodom und Gomorra. Meinst du, alle irren sich und nur wir haben recht – wie soll ich das glauben?«

»Vergiss diese Märchen. Unser Jesus ist ein Gott der Liebe, sagen sie das nicht auch? Wie geht das zusammen – die Liebe des einen ist Liebe, aber die eines anderen Sodom und Gomorra? Ich habe ihn letztens in einem Gebet gefragt, Martha, und er hat mir sofort geantwortet. Es ist keine Sünde.«

»Hast du den Archimandriten gefragt, mein Liebling?«

»Nein, ich habe Jesus gefragt. Ich habe die ganze Nacht lang von ganzem Herzen gebetet und am Morgen um ein Zeichen gebeten, ob ich in Sünde lebte; ich versprach, ich würde meine geliebte Martha sofort vergessen. Und weißt du, was geschah? Meine Seele ist warmgeworden. Meine Lungen füllten sich mit Liebe, so, dass ich kaum einatmen konnte. Er hat uns gesegnet, wir können einander lieben. Selbst wenn sie mir tausend Evangelien vorlegen und der Patriarch höchstpersönlich unsere Trennung segnet, nichts kann mich mehr umstimmen. Jesus irrt sich nicht.«

Die mollige Nonne bückt sich zu der etwas älteren mit den schönen, dunklen Augen und zieht deren Kopfbedeckung unter unzähligen Küssen gerade:

»Ele, ich liebe dich, so wahr Gott mein Zeuge ist. Doch ich will hier leben. Ich kenne alle hier. Sagtest du nicht selbst, du weißt nicht, wie lange wir noch zu leben haben? Was ist, wenn dir in Tbilissi was zustößt? Was mache ich dann? Niemand wird mich mehr zurücknehmen, und ich habe keine Ausbildung und keinen Rückhalt. Lass mich hierbleiben, meine liebe Elene. Wenn du willst, können wir in ein anderes Kloster ziehen. Wir könnten behaupten, wir seien Geschwister, vielleicht werden wir dann in eine Schlafzelle eingeteilt. Ich flehe dich an, sei mir nicht böse, mein Liebling. Immerhin müssen wir uns dann nicht darum sorgen, was morgen auf den Tisch kommt. Weißt du, wie schwer es ist, nicht zu wissen, ob man am nächsten Tag zu essen hat, ob man ein Dach über dem Kopf hat? Du weißt das nicht, Elene. Du kennst das nicht.«

10. WEGWEISER

Mutter Barbare stürmte in den Innenhof und schaffte es gerade noch so zur Toilette. Nachdem sie sich mit beiden Händen auf dem brillenlosen Sitz abgestützt hatte, bis sie keinen Krümel mehr im Magen hatte, setzte sie sich hin und spähte durch den herzförmigen Ausguck auf den Klosterhof. Sie hatte vieles aus der Vergangenheit vergessen, aber die Namen aus ihren früheren Arbeitsunterlagen kannte sie auswendig. Sie kannte sie nicht nur auswendig, sondern der Teufel selbst rang auf diesem Wege mit ihr, während sie betete. Sobald der Gottesdienst begann, ratterte er ihr mit perfider Deutlichkeit alle Vor- und Nachnamen ins Ohr; und das Bedrückendste an der ganzen Sache war, dass sie jenseits der Buchstaben auch die Menschen vor ihren Augen sehen konnte. Sie hatte Vater Theophilos in der Beichte davon erzählt – sie wisse nicht, was zur Hölle sie nur plage. Vater Theophilos hatte sie getröstet: »Du solltest mal die anderen sehen. Manche müssen auf allen möglichen Sprachen zwanghaft Genitalien aufsagen, andere wiederum – ununterbrochen fluchen. Der Teufel hat eine unbändige Phantasie, das ist nicht zu unterschätzen.« Dann saß sie zum ersten Mal ungestört in der Toilette, seit der Gouverneur dem Bischof Jericho geschenkt hatte. Der gepunktete, rastlose Spürhund protestierte jedes Mal, wenn Mutter Barbare sich einschloss. Jericho kratzte von außen an der Tür, Barbare solle sich gefälligst beeilen. Als sie heranwuchs, konnte sie auf ihren Hinterbeinen stehend ihre Schnauze, ihre Zunge oder aber ihre Pfoten durch den Ausguck hineinstecken. Das gesamte Kloster war daher stets im Bilde darüber, wann Mutter Barbare auf dem Töpfchen saß.

Es rüttelte an der Tür.

»Jericho! Ich komme gleich, mein Mädchen, einen Moment!«

»Mutter Barbare! Bist du hier?«, flüsterte Elene.

»Wer ist da?«

»Elene, Mutter Barbare. Ich muss dir etwas sagen, aber niemand darf davon erfahren, in Ordnung?«

»Elene, ich weiß, dass du nach Bolnissi verlegt wirst. Ich rede mit ihm, wenn die Gäste weg sind. Du weißt doch noch, wie er damals ausgerastet ist. Danach hat er sich wieder beruhigt und es sich anders überlegt.«

»Nein, Mutter, selbst wenn er es sich anders überlegt. Ich muss hier unter allen Umständen weg. Ich wollte etwas anderes sagen.«

»Elene, mir geht es nicht so gut, ich muss noch eine Weile sitzenbleiben. Warte in der Kammer auf mich. Besaufen die sich immer noch?«

»Sie reden wie die Wasserfälle, Mutter. Gerade haben sie Martha Wein nachschenken lassen. Ich sage es dir hier kurz, Mutter. Erinnerst du dich an Chatula?«

»Welche Chatuna?«

»Chatula, Mutter. Der Fuchs, der uns immer die Forellen geklaut hat und dann auf einmal verschwunden ist.«

»Ist er zurück?«

»Nein, Mutter. Der kommt nicht mehr zurück. Als Vater Theophilos und Vater Kyrill in den Wald gegangen sind, um angeblich nach der verschwundenen Kuh zu suchen, hatten sie Chatula in einem Käfig bei sich, und Vater Kyrill hat ihn erschossen.«

»Elene. Mach nicht solche Witze mit mir! Hörst du?«

»Mutter, ich schwöre auf Gott, dass ich dich nicht anlüge. Vater Kyrill hatte die Falle mitgebracht, er hatte sie vom Förster ausgeliehen. Sie haben Chatula in der Nacht gefangen, frühmorgens in den Wald gebracht und erschossen.«

»Wer hat geschossen?«

»Vater Kyrill. Bevor er Priester wurde, hat er in der Schlachterei Rinder getötet. Er kann so was. Jedes Kloster der Region lädt ihn ein, wenn sie was zum Töten haben.«

»Woher weißt du das, Elene?« Mutter Barbare öffnete die Tür und zerrte die Nonne hinein.

»Ich wollte die Wäsche der Männer waschen und habe ihr Gespräch gehört. Vater Theophilos bedankte sich bei Vater Kyrill, er sei seine Rettung gewesen. Er selbst hätte das bestimmt nicht gekonnt, schließlich habe der Fuchs einen Namen gehabt und alles.«

»Diese Arschlöcher!«

Eine fluchende Nonne hatte Schwester Elene noch nie gesehen. Sie beherrschte zwar mehrstöckige Fluchtiraden, aber so richtig laut hatte sie selbst noch nie geflucht. Doch hatte sie, um ehrlich zu sein, schon oft den Wunsch gehabt, ihrem Zorn auf diese Art und Weise Ausdruck zu verleihen. Schwester Elene legte der Nonne, die sie um drei Köpfe überragte, die Hände auf die Schultern und bat sie, sich zu setzen.

»Mutter, was ich dir jetzt erzähle, wird dich noch mehr treffen, deshalb musst du dich hinsetzen, bitte.«

Mutter Barbares Glauben wurde heute außerordentlich auf die Probe gestellt. Zuerst tauchten zwei deodorantgetränkte primitive Machos aus ihrem früheren Leben auf und schmirgelten sich die Zungen mit Trinksprüchen auf Frauen; dann wurde das Geheimnis von Chatulas Verschwinden gelüftet. Wahrscheinlich würde sie keine Kraft mehr haben, auf das, was sie jetzt noch erfahren sollte, zu reagieren. Sie hörte auf Schwester Elene und setzte sich hin.

»Mutter, Vater Kyrill und Jericho sind heute früh zusammen in den Wald gegangen. Vater Kyrill hatte sein Gewehr umgehängt.«

Mutter Barbare riss die Toilettentür mit einem Schlag auf und folgte dem Pfad in den Wald mit einer solchen Bestimmtheit, dass sie einen wettergegerbten Förster hinter sich gelassen hätte. Sie wusste nicht, wohin sie lief, aber das war auch nicht nötig. Im »Leimón« des Wandermönchs Johannes Moschos stand: Der Glaube ist euer Wegweiser. Seid aufmerksam und folgt ihm gehorsam. Er führte sie von der Picknickwiese nach links, zum Tal.

Martha legte die brutzelnden Forellen auf den Teller und schob sie mit dem Zeigefinger zurecht, damit das Öl nicht tropfte. Während Schwester Nino und Novizin Natalia die Forellen servierten, stürmte Schwester Elene in die Küche und schloss die Tür von innen ab. Schwester Martha hatte gerade eine Dose geöffnet und den scharfkantigen Deckel behutsam aufgeklappt.

»Der mit den langen Trinksprüchen mag den Olivensalat, Elenelein. Er ist aus, ich mache neuen.«

Elene riss ihr die Dose aus der Hand und verpasste das Fenster nur knapp.

»Liebst du mich, Martha?«

Sie presste es aus sich heraus. Jeder einzelne ihrer Gesichtszüge zitterte. Vor allem ihr Kinn.

»Elene, was ist los mit dir? Setz dich, hier, trink Wasser.«

»Martha, ob du mich liebst, frage ich dich! Oder, hast du mich jemals geliebt? Wirklich geliebt?«

»Elene, was sagst du nur! Wenn ich dich nicht lieben würde, würde ich dann in Kauf nehmen, dass das ganze Kloster über uns tratscht?«

Schwester Elene lachte spöttisch auf und ihre zitternden Lippen verformten sich.

»Einmal nur will ich dieses Getratsche hören, danach kann ich in Ruhe sterben!«

»Liebling, was redest du da vom Tod! Ist das nicht zu früh für uns, sagtest du nicht selbst, dass wir zusammen alt werden? Los, trink, trink aus!«

Als Schwester Elene ihre Lippen wieder unter Kontrolle hatte, packte sie Martha mit beiden Händen:

»Martha, meine Liebe, du weißt, dass ich nie auf meine Knie falle«, sie ließ sich fallen und küsste Marthas vom Kochen schmutzige Hände wie wild. »Mutter Barbare hat einen großen Bekanntenkreis in der Stadt. Sie ist gütig, wie du weißt. Ich bitte sie darum, uns mit der Arbeitssuche zu helfen. Mein Cousin hat ein leerstehendes Haus. Ich verspreche dir, du wirst leben wie eine Königin! Dir wird es an nichts fehlen! Wir können Hunde haben. Zwei Chow-Chow-Welpen, rund wie Wollknäuel. Wir können sie bei uns im Bett schlafen lassen, wie eine richtige Familie.«

Es rüttelte an der Tür. Da die draußen sie beim besten Willen nicht aufbekamen, sammelten sie sich an den Fenstern und spähten hinein. Schwester Elene sprang auf, stürzte sich zu einem der Fenster und schlug mit der offenen Hand so heftig dagegen, dass alle hochschreckten – Martha in der Küche; Schwester und Novizin draußen. Sie hielt nur mit größter Anstrengung ihren Zorn zurück.

»Ich gehe, Martha!«, warf sie ihr entgegen und ging zur Tür. Und während sie an der Türklinke herumhantierte, flehte sie zu Gott, Martha würde sie von hinten umarmen und sagen: »Wohin du auch gehst, ich komme mit, meine Elene.«

11. TOLLWÜTIG

Dann gewinnt sie den Fall eben nicht, was ist schon dabei? Die Gerichtsverhandlung ist nicht alles. Zumindest wird ihre Geschichte Menschen aufrütteln. Über die Ermittlungen kann Tina selbst schreiben, sie kann befreundete Journalisten informieren und an deren Moral appellieren. Die werden sich an NGOs wenden, die wiederum ans Fernsehen, und so kommt der gesellschaftliche Diskurs ins Rollen. Sexuelle Gewalt an Frauen – ein georgischer Nationalsport. Den Titel des Artikels sieht sie in großen Lettern vor sich. Am Abend zuvor hat Keti Ruadse sie zurückgerufen. Die Patientin hat ihr Einverständnis gegeben, sich mit der Ermittlerin zu treffen.

Die Leiterin der Abteilung für Schwerverbrechen, Medea Chimschiaschwili, hat einen seltsam funktionierenden Kopf: Ihre Logik kann einen Stein spalten; ihre Intuition kann das Herz eines jeden Kriminellen durchschauen. Sie kann jeden im Verhör so durcheinanderwirbeln, dass die Sünden wie von alleine herauspurzeln. Die elfjährige Tochter der Ärmsten liegt im Zentralkrankenhaus. Sie wurde von einem Auto angefahren, als sie die Straße überquerte. Mal versprach ihr ein Arzt etwas, mal ein anderer, und was blieb ihr auch anderes übrig – in steter Hoffnung wurde sie hin und her verbunden.

»Medea, ich bin's, Tina.«

»Und, wie wär's?«

»Fang nicht wieder damit an, bitte. Ich ruf wegen einem Fall an.«

»Soll ich dich suchen wie das Grab meiner Liebsten?«

»Ist es in Ordnung, wenn ich jemandem deine Nummer gebe? Sie braucht dich. Sag nicht nein.«

»Okay.«

»Medea!«

»Ich bin so was von erleichtert, dass du dich noch an meinen Namen erinnerst!«

»Ich vermisse dich wie ein Hund sein Herrchen.«

»Titten! Titten! Titten!«

Die Jubelrufe aus der ersten Reihe verloren sich im Getöse der Halle. Was waren das für Gene? Alle einen Kopf größer als die Georgierinnen. Es waren die unangenehmsten Gegnerinnen, die ihnen je untergekommen waren, schlimmer noch als die Baltinnen. Die Weißrussinnen dominierten das Spiel mit schnellen Kontern und versenkten Dreier in den Korb wie Maiskolben. Die »TSU« ging in die Offensive und führte mit zwei Punkten. Der Direktor, selbst ehemaliger Basketballspieler, war auch anwesend. Für diese Partie hatten sie bis zur vollkommenen Erschöpfung trainiert, und Saalischwili, der Trainer, hatte sie zur Entspannung am Tag vorher ins Schwefelbad geschickt. Tina Sumbadses Einsatz war ungewiss bis zum letzten Moment. Der Mannschaftsarzt beharrte darauf, das Bein werde abfallen, wenn es nicht geschont werde. Doch dann gab es einen Meinungswechsel. Die pfeilschnelle rechte Flügelspielerin der gegnerischen Mannschaft war obendrein noch Linkshänderin und kaum abzuwehren. Sumbadse und Chimschiaschwili aber bildeten ein unüberwindbares Tandem.

In den letzten Minuten des zweiten Viertels drosselten die Weißrussinnen das Tempo. Sie gingen in die Defensive, um das Spiel zu beruhigen. Wie ein Biest schlüpfte Tina der gigantischen Abwehr mit zwei Bewegungen davon und rannte zum Korb. Sie brauchte sich nicht umzudrehen, sie spürte den nahenden Pass Chimschiaschwilis im Rückenmark. Doch der Ball verspätete sich. Tina drehte sich mit ihrem gesamten Körper und als sie sah, dass ihre Mitspielerin die Zuschauer anvisierte, preschte sie drauflos. Die Körpersprache ihrer Freundin war friedlich wie die Ruhe vor dem Sturm.

»Medea! Lass ihn! Medea!«, rief sie aus der Entfernung.

Auf der letzten Silbe von »Lass ihn« löste sich der Ball von der Rechten der Spielerin, knallte in das Gesicht eines in der ersten Reihe sitzenden Mannes und rollte anschließend wieder zu Chimschiaschwilis Füßen zurück. Medea griff den Ball mit gespreizter Hand und warf ihn der weißrussischen Mannschaftskapitänin zu, als Zeichen, sie solle weitermachen. Die Pfeife blieb dem Schiedsrichter im Halse stecken, dem Zuschauer die Worte. Die disqualifizierte Spielerin spielte von der Bank aus weiter: Der Trainer erkannte, dass er nicht lauter schreien konnte als sie, und lehnte sich auf das hinter ihm ausgebreitete Handtuch zurück. Nach dem Spiel hielt Amiran Saalischwili Medea eine Vorlesung über die Nerven eines Sportlers, die hart wie Stahl sein sollten. »Als ich in der Nationalmannschaft war, war einer auf mich angesetzt, der mich ständig verflucht hat. Auf Georgisch! Sag mir, was hätte ich tun sollen? Hätte ich ihn umbringen sollen, den Wichser? Der Typ hat einmal ›Titten‹ gerufen, und das nicht mal in deine Richtung, sondern an die weißrussische Tkatschenko, und du greifst ihn einfach an. Was hast du dir dabei gedacht? Was nur?!« Er ließ nicht locker. »Der Ball hätte praller sein müssen, Trainer«, antwortete Medea. »Verdammt!« Saalischwili stürmte aus der Garderobe. »Wir haben gewonnen. Werde ich trotzdem rausgeschmissen?«, fragte sie, während sie im Flur sitzen blieb.

Jungs, die ihr bis zum Bauchnabel reichten, und Jungs, die keine Chance hatten, nannten die Basketballerinnen »Straußenherde«. Medea war als Letzte zum Team gestoßen. Die Aufbauspielerin hatte geheiratet und ein Platz war freigeworden. Die angehende Juristin im zweiten Studienjahr überragte alle. Tina wechselte ihren Spind, um Medeas schamlos perfekten Körper nicht ständig sehen zu müssen. Medea pickte sie selbst nach dem vierten Training heraus. Auf dem Weg vom zweiten Universitätsgebäude zum Rustaweli-Boulevard bombardierte sie sie mit Fragen über Spielstrategie, von denen sie die meisten selbst beantwortete. Beim Abschied deutete sie auf ein Haus mit großem Balkon. Tina solle vorbeikommen, wann sie wolle, außer für die Uni zu lernen, hätte sie nichts zu tun. Die nächsten drei Jahre lebten sie auf dem mit Blumentöpfen vollgestellten Balkon. Tina liebte Medea still und maßlos; Medea liebte Tina – laut und geschwisterlich.

Es weht ein sanfter Frühlingswind. Sie sitzen im Hinterhof des Cafés. So viele Bäume auf so kleinem Raum, mitten in Tbilissi, hat Medea noch nie gesehen. Sonne und Wolken wechseln sich ab. Ein seltsames, leichtes Vakuum schleicht sich in den Körper und hebt das Herz an, das herunterhängt wie schwere Weintrauben. Die Straßen sind gefüllt von Wellen sorgloser Unbekümmertheit. Salome sieht aus wie frisch aus dem Ausland – ihre Haare sind weißblond gefärbt und kurz. Sie trägt verschiedene Grüntöne; wie eine Wiesenblume fällt sie ins Auge. Die etwas tiefer liegenden Augen strahlen einen intellektuellen Kummer aus. Trotz ihrer Freundlichkeit scheint ihre Stimme ihr Gegenüber zu verbrennen, als wollte sie die gewünschte Distanz dadurch halten.

Medea hat zwei Fortbildungen für die Interviewführung mit Gewaltopfern gemacht, deshalb geht sie die Sache mit beispielhafter Vorsicht an. Nach der Begrüßung erklärt sie ihr, dass dieses Gespräch anonym bleibt und Sali jederzeit abbrechen könne, falls sie sich unwohl fühlen sollte. Salome wartet nicht einmal auf die erste Frage, sondern erzählt drauflos. Sie vermeidet es, Namen und Orte zu nennen, aber sie führt alles, was vorgefallen ist, detailliert aus. Sie unterbricht ihren Redefluss nur ein einziges Mal, als sie sich daran erinnert, wie alles begann, und weint. Fast unmerklich.

Medea interessiert sich für die Details. Selbstverständlich hat sie schon von Gruppenvergewaltigungen gehört, aber alles, was sie mit sexueller Sklaverei in Verbindung bringt, kannte sie bisher nur von Gangs aus den USA oder den Favelas Brasiliens. Dass so etwas in einem normalen Umfeld stattfand, zudem in einer Schule in Tbilissi, ist unvorstellbar.

»Sali, woran denken Sie? Es wird kein Gerichtsverfahren geben, so viel kann ich Ihnen bereits sagen, aber wir können die Sache zweifellos an die Öffentlichkeit bringen.«

»Wissen Sie, was mir am Herzen liegt? Dass junge Mädchen und ihre Eltern Bescheid wissen. Es braucht keinen großen, gefährlichen Kriminellen, um Leben zu zerstören. In meinem Fall hat es sich um fünf Jungs gehandelt, die sich durch nichts von anderen unterschieden haben. Mit einer Ausnahme waren sie alle gute Schüler; sie gingen zum Sport, lernten Englisch, sogar Kunst. Ich weiß nicht, wo sie heute sind, aber ich bin sicher, dass sie Familien und Karrieren haben. Ich schließe nicht einmal aus, dass sie es bereuen. Ich hätte nur ein Wort sagen müssen, und alles hätte aufgehört; nur kannte ich dieses Wort nicht. Ich will es aber anderen beibringen. Vielleicht kann ich so zumindest einen Menschen retten?«

Den Wert eines georgischen Frauenlebens hat Medea bereits im Alter von 16 Jahren errechnet. Sie lebte noch bei ihrer Großmutter, im Plechanowi-Viertel im ersten Stock eines klassischen Tbilisser Innenhofs. An jenem Abend hatte sie sich in E.T.A. Hoffmann verliebt und konnte das Buch trotz fortgeschrittener Stunde nicht aus der Hand legen. Schwierig, sich von so raffiniert formulierten existenziellen Gedanken loszureißen, vor allem, wenn sie von einem Kater namens Murr stammten. Der Sommermorgen dämmerte bereits. Auf einmal hämmerte es wie irre an der Tür. Sie schreckte hoch und riss die Tür wie aus Reflex auf. Ein Mann in Pilotenuniform, bleich wie die Wand, murmelte etwas Unverständliches. Schließlich nahm er sich zusammen und brachte heraus: »Kind, hol deine Eltern. Auf der Treppe liegt eine tote Frau.« Medea brach im Hausflur zusammen. Tato Tarassian war vier Jahre älter als sie. Sie lebte im dritten Stock. »Die Ärmste«, so sagten die Nachbarn – sie nannten sie nicht einmal beim Namen. Medeas Kopf war mit so vielen Dingen beschäftigt, dass sie nicht einmal hinterfragte, wieso niemand Tato bei Namen nannte. Alle wussten, dass ihr Mann sie umgebracht hatte, aber die Eltern des Opfers und ihre Brüder bestritten das so vehement, dass der Ermittler seine Hoffnungen in die Aussagen der Nachbarn setzen musste. Er befragte jeden einzelnen Hausbewohner. Und? Nichts. Tato wurde an einem Donnerstag begraben. Der Ermittler ging noch drei Monate lang bei ihnen ein und aus. Der Ehemann lebt heute noch im Haus. Ein wenig fahrig, aber bei Kräften.

»Sali, am Sonntag fliege ich mit meiner Tochter nach Frankreich, für weitere Untersuchungen. Rufen Sie mich in einem Monat an. Versuchen Sie bis dahin, die Geschichte in all ihren Details niederzuschreiben. Selbst Details, die Ihnen auf den ersten Blick unwichtig erscheinen! Sobald ich zurück bin, machen wir ein ausführliches Interview, ordnen die Sache und bereiten uns auf das Gefecht vor.«

Salome Moniawa hatte soeben das Café verlassen und fühlte bereits vor der Oper einen fürchterlichen Kummer. An der Universität hatte sie die Ursache dieses Kummers erkannt. Medea Chimschiaschwili war ungefähr so alt wie sie. Eher blond, eher arrogant und sehr feminin. Auf den ersten Blick unscheinbar, war sie bewaffnet wie ein römischer Legionär und brauchte nur ein einziges Zeichen, um gnadenlos zu attackieren. Ob sie wohl schon immer so gewesen war? Sali wünschte, sie wäre auch so auf die Welt gekommen – tollwütig.

12. EIN GLÜCKLICHER MENSCH AUF EINEM UNGLÜCKSELIGEN PLANETEN

»Nur einen Happen, Schatz. Sachte, sachte. Gut kauen, ja. Eins, zwei, drei, vier. Jetzt kannst du hinunterschlucken.«

Ihre Hand stützt Likunas Kinn und streichelt sie am Hals, wie einen Welpen. Likunas Schluckreflex ist gestört und ohne rhythmische Hilfe von außen würde sie sich verschlucken. Sie hat Bettruhe verordnet bekommen, aber ab und zu geht sie ein paar Schritte. Die französischen Ärzte haben ein Wunder vollbracht. Das Kind, das auf einer Trage abgereist war, kam – mit Krücken – auf den eigenen zwei Beinen gehend am Flughafen Tbilissi wieder an. Likunas Eltern hatten alles verkauft, was sie verkaufen konnten. Als ihnen das Geld ausging, fiel ihr Vater in den Sessel und weinte. Medea schlug vor, die Wohnung, die sie von ihren Eltern geerbt hatte, gegen eine Eineinhalbzimmerwohnung auf der Pekinistraße zu tauschen. Eine vollkommene Rehabilitation würde mehrere Jahre in Anspruch nehmen, und der Betrag würde zumindest einen Teil der Kosten decken. Sie grübelten verzweifelt, als Matschutadse anrief, ein Schulfreund Iraklis. Er war nach seinem Schulabschluss direkt nach Moskau gezogen und zu einem wohlhabenden und einflussreichen Geschäftsmann geworden. Sie telefonierten lange. Als Irakli auflegte, umarmte er seine Frau – Matschutadse und Sardiaschwili würden alle Kosten der Therapie übernehmen, bis zum allerletzten Rehabilitationsschritt. So fühlten sich

Medea und Irakli von einer schweren Last befreit, als sie sich auf den Weg nach Marseille machten.

»Sie können sie doch nicht im Vorhinein aufgeben!« In der verärgerten Stimme von Dr. Chantal Deseau schwang Hoffnung mit.

»Nach zwei Operationen wird ihr Bewegungsapparat wieder vollkommen in Ordnung sein, sie wird nicht nur gehen, sondern auch laufen können. Nach einer vierphasigen Rehabilitation können Sie wieder nach Hause. Sie wird ihr ganzes Leben lang Physiotherapie brauchen. Aber was macht das schon, nicht wahr?«

Dem Vater kullerten Freudentränen über das Gesicht; er küsste der Ärztin die Hände. Wieder zu Hause, richteten Irakli und Medea ihr ein neues Schlafzimmer ein – es war heller und größer als ihr altes. Das Zimmer war gnadenlos bunt. Gigantische Blumen auf den terracottafarbenen Vorhängen, pfauenblau untermalt. Bücherschrank und Schreibtisch hatten sie ebenfalls ins Zimmer gestellt, und ein Teppich mit bunten Quadraten zierte den Boden, damit sie sanft und fröhlich darauf gehen konnte. Alle Spielzeuge aus Likunas Kindheit hatten ihren Weg aus dem Keller hierher gefunden – manche lagen auf dem Teppich, andere auf dem Regal. Ihre Kuscheltiere waren im Bett angeordnet. Der Vater hatte sich neben Likuna gelegt und las ihr von Karlsson auf dem Dach vor. Sie begannen ihre Rehabilitation mit Astrid Lindgren.

Medea Chimschiaschwili konnte man wahrlich nicht als Hausfrau bezeichnen. Mittagessen kochte sie einmal alle sechs Monate und danach sah die Küche aus, als wäre Napalm abgeworfen worden: An den Fliesen neben dem Kühlschrank klebte Avocado, hinter dem Herd Reste einer Tomate. Trotz ihrer geringen Eignung liebte sie die Küche ganz besonders. Sie war holzverkleidet und die cremefarbenen Wände waren mit Chagall-Kunstdrucken geschmückt. Sie hatte sich eine gemütliche Arbeitsecke mit warmer, gelber Beleuchtung eingerichtet. Auf dem Regal standen Lautsprecher und sie begann, die Nächte durchzuarbeiten. Ihr Mann stellte ein Foto von ihr auf Facebook: »Eine wahre Hausfrau bekommt niemand aus der Küche«, es kam auf über 200 Likes.

Medea setzte ihre großen Kopfhörer auf, damit sie nicht vom Gelächter der beiden gestört wurde. Sie goss Tee auf, nahm sich einen groben Klecks Aprikosenkonfitüre, ließ sich im flauschigen Küchensessel nieder und widmete sich Salomes Fall, den Tina ihr übergeben hatte. Die Vorstellung, einer der Täter könnte aussagen, schien selbst in ihren wildesten Träumen unmöglich. Einen Versuch war es dennoch wert, es waren immerhin fünf. In dem Alter, in dem sie damals waren, können Jungs ihre Klappe nicht halten; sie ist überzeugt davon, dass mehr Zeugen auftauchen werden, als Sali vermutet hat. Sie wird ihre Namen erfahren. Sie wird bei allen fünf vor der Haustür stehen. Sie wird ihnen im Angesicht ihrer Familien messerscharfe Fragen stellen und das Ende ihrer friedlichen Existenz feiern. Wenn ihre Frauen und Kinder sie nach ihren dreckigen Geheimnissen ausfragen, spätestens dann werden sie die Hände über dem Kopf zusammenschlagen. Sollten NGOs und Medien diesen Fall aufgreifen, könnte es sich in mehr als nur gesellschaftlicher Empörung entladen. Hauptsache, sie gehen bedacht vor und Sali Moniawa überlegt es sich nicht wieder, was immer möglich ist. Medea schnalzte vor Zufriedenheit mit den Lippen und nippte an der Tasse. In Vorfreude auf den Sieg der Gerechtigkeit ist die im Sessel eingekuschelte Medea Chimschiaschwili der glücklichste Mensch auf diesem unglückseligen Planeten, sie ist sich dessen bloß noch nicht bewusst.

13. FACEBOOK

In Griechenland bricht der Tag an. Der selbst für einen Griechen aufgebrachte Herz- und Gefäßchirurg Nikos Papadakis schluchzt und fuchtelt mit der Hand. Er kämpft um Flugtickets für Tekla, die Altenpflegerin. Zweimal umsteigen, dreimal umsteigen, egal, wie oft sie umsteigen muss. Hauptsache heute, so schnell wie möglich – die Frau muss ihr Kind begraben; für solche Fälle müssten sie doch Plätze haben. Tekla hat sich auf dem Bett zusammengekrümmt und schreit in wachsenden Intervallen auf. Ein paar Mal entgleitet sie Nikos' Ehefrau und will mit dem Kopf gegen die Wand schlagen, doch Athena ist schneller und sportlicher als Tekla und kann sie abfangen.

Gega Tsertswadse holt seine Frau am Flughafen in Tbilissi ab. Er wollte nicht, aber zu Hause zu bleiben, wäre noch schlimmer gewesen. Laschas Leiche war noch nicht überführt worden. Andria Kordsachia, ein Vertreter der georgischen Botschaft, hatte ihn spät in der Nacht aus der Türkei angerufen. Er bekundete sein Beileid und versicherte ihm, die Botschaft würde sich um alles kümmern und ihn am nächsten Morgen über die Details informieren – wann, wo, mit welchem Transportmittel die Leiche überführt würde.

Tekla hat ihr Kind schon einmal beweint. Sie grüßt ihren modisch gekleideten Mann kühl und schreitet zum Auto. »Was soll das Theater, ich muss mein Kind begraben!«, wirft sie ihm entgegen und ihre Augen wandern umher auf der Suche nach dem Gehalt, das sie für das Arsch-Abwischen bettlägeriger Griechen bekommt. Da steht es. Silbergrau, deutsch und riesig. Im Innenraum riecht es angenehm und die Musik tönt von allen Seiten gleichmäßig, so wie in Athenas und Nikos' Empfangszimmer.

Sie sprechen die ganze Fahrt kein Wort miteinander.

»Ich habe mit der Botschaft telefoniert. Sie rufen morgen früh an und setzen uns über alles in Kenntnis.«

»Musste mein Junge leiden?«

Sie fragt so frostig, dass ihren Worten Eis zu folgen scheint.

»Es geschah ganz schnell. Das Auto fuhr mit hoher Geschwindigkeit. Der Arzt meinte, er hat nichts gespürt.«

Am Stadteingang von Rustawi dreht sie sich zu ihrem Mann, holt tief Luft und spuckt ihn resolut an. Gega putzt sich das Ohr mit einer Hand ab, während er mit der anderen das Steuer hält. Den Rest der Fahrt über schweigen sie.

Die Stelle, wo der Sarg aufgebahrt werden soll, ist bereits geräumt und Wand und Möbel sind mit weißen Decken bespannt. Die Nachbarn haben sich am Hauseingang gruppiert und können ihnen kaum in die Augen sehen. Die Nachbarinnen empfangen sie mit Wehgeschrei, vom Erdgeschoss bis zum vierten Stock. An der Wand, auf der Tekla und Gega an jedem Geburtstag Laschas Größe markiert haben, lehnt ein brauner Sargdeckel. Sie haben es doch rechtzeitig geschafft. Malchasi von Tür 8 besitzt eine Sargmanufaktur und hat der Familie so seinen Respekt gezollt. Tekla hatte Nikos und Athena versprochen, sich zu melden, wenn sie ankäme. Sie öffnet ihre Facebook-App und liest:

»Oh Gott, was ist passiert?«

»Weiß jemand, wie er gestorben ist?«

»Autounfall.«

»Oh nein! Du lieber Gott!«

»War er am Steuer?«

»Er wurde angefahren.«

»Seine armen, unglückseligen Eltern!«

»Tekla, du weißt, du musst jetzt stark sein! Seine Seele braucht deine Gebete!«

»Tekla, Gott will die Besten für sich. Dein Kind war außergewöhnlich, so gütig, so schön und begabt! Deshalb hat der Herrgott ihn zu sich genommen.«

»Er ist jetzt im Himmelreich, Tekla, mit Jesus und seinen Engeln!«

»Wenn er nur in Georgien geblieben wäre! Was wollte der Ärmste nur dort im Nirgendwo! Vielleicht würde er noch leben!«

»Tekla, es ist unser aller Verschulden, und wir werden um Vergebung dieser Sünden beten. Der Herr hat mich vorletztes Jahr auch gestraft, als er mir meine Leila genommen hat. Das Wichtigste ist jetzt, dass du für seine Seele betest, damit er in den Himmel kommt. Ihm soll vergeben werden, was er gesündigt hat. Du musst mehr beten.«

Ihre Finger tanzen über die Tasten. Sie markiert jeden Adressaten am Satzanfang und lässt keinen Kommentar unbeantwortet:

@Koka Loria »Nein, er saß nicht selbst am Steuer. Ein Auto mit überhöhter Geschwindigkeit hat ihn angefahren und an Ort und Stelle getötet.«

@Nino Furcxvanidse »Mein Kind braucht jetzt nichts mehr. Er liegt mit gebrochenen Knochen im Leichenschauhaus von Istanbul, umgeben von anderen Leichen. Sei du doch stark, wenn Anastasia stirbt.«

@Tamaz »Tamaz, warst du es nicht, der meinen Sohn vor der ganzen Klasse eine Schwuchtel und Transe genannt hat? Lascha war deshalb außergewöhnlich, weil er einen Penis hatte, den er nicht haben wollte. Seine Güte und Begabung hast du zehn Jahre lang beim besten Willen nicht erkannt, und jetzt, nachdem die Totenstarre eingesetzt hat, hast du ihn auf einmal liebgewonnen? Wusstest du übrigens, dass deine Ehefrau Katjuscha mit deinem Cousin Murtas Katsitadse gefickt hat, mittwochs und freitags, immer wenn du dein Kind zum Musikunterricht gebracht hast?«

@Mariam Taliaschwili »Leila wurde dir nicht wegen deiner Sünden vom Herrgott weggenommen. Aber dass ihr ihre Depression heilen wolltet, indem ihr sie verheiratet habt, hat ihr den Rest gegeben. Ich weiß nicht, vielleicht hast du dir wirklich irgendwas Unverzeihliches zuschulden kommen lassen, aber ich habe unter keinen Umständen verdient, dass Gott meinen Lascha mit einem Stück rostigen Metall tötet.«

@Vater Tevdore »Und was ist mit der ›Sünde von Sodom und Gomorra‹? Werden ihm alle Himmelspforten geöffnet, weil er jung gestorben ist, soll das sein Verdienst sein? Zum Teufel mit deinem Gott und deiner Kirche! Ich wünschte, ihr würdet alle eines Tages aussterben, qualvoll und leidend!«

14. SONDER- UND GENERALVOLLMACHT

»Wie viele Personen?« fragt Roland, der Nachbar, er will reservieren. »Wenn wir hundert sind, reicht auch der Keller des Hochzeitshauses. Wenn wir mehr sind, müssen wir in einen Ballsaal. Marina, eine weitere Nachbarin, reicht Gega zögernd den Notizblock. Die Liste beginnt mit Laschas Cousins und Cousinen und endet mit Gega Tsertswadses ehemaligen Arbeitskollegen. Er blättert aufmerksam um. Er kennt die Handschrift seiner Frau. Es ist Laschas Taufliste. Sie hatte ihn taufen lassen, als sie nach Jahren das erste Mal wieder in Georgien war, und ein 100-Personen-Festmahl abgehalten. Lehrer, Freunde vom Englisch- und Kunstunterricht, Nachbarn, sogar einige Freunde aus dem Kindergarten hatte sie für ihn eingeladen. Eine ordentliche Frau, die Ärmste. Da Marina die Schlafzimmertür geöffnet hat, fassen sich auch die anderen Besucher ein Herz und gehen nun ständig ein und aus. Tekla merkt, dass die gesamte Nachbarschaft – von allen acht Häusern – eingetrudelt ist, um die Mutter zu begaffen, die ihr Kind verloren hat. Sie müssen ja schließlich daheim was zu tratschen haben – was für eine Totenblässe das Gesicht der Ärmsten angenommen hätte; wie still sie in der Küche säße, nicht imstande, das Geschehene zu verarbeiten; wie bitterlich sie es wohl bereue, ins Ausland gezogen zu sein, aber lebendig würde er davon ja auch nicht; wie leise Gega trauerte, stumm, man wisse ja, wie Männer so seien; was für einen Sinn das Leben der beiden denn noch habe; danke, oh Herrgott, für alles, und sollten sie selbst sich jemals über irgendetwas beschweren, so solle man ihnen einen Tritt verpassen.

Alle Spiegel im Haus sind ver- oder abgehängt, so ist die Regel. Seltsamerweise kennen sie das in Griechenland nicht, obwohl sie ebenfalls orthodox sind. Die dortigen Trauer- und Begräbnisrituale kennt Tekla gut. Im Laufe von zwölf Jahren sind fünf ihrer Senioren gestorben, und jedes Mal ist sie bei den Angehörigen gesessen. Sie taten ihr leid, gleichzeitig aber war ihr angst und bange, ob sie noch das volle Monatsgehalt ausbezahlt bekommen würde – wenn nicht, hätte sie genauso gut aus dem Fenster springen können.

Olympia war ihre erste Seniorin, sie war über neunzig und mürrischen Gemüts. Ihr Tod zog sich in die Länge. Die letzten zwei Wochen aß und trank sie nicht mehr. Jeden Tag warteten die Kinder, die Enkel, die Urenkel, wann sie wohl verenden würde. Nach einem Monat gab sie sich Thanatos hin. Nach Olympia war Tekla den ganzen Winter lang arbeitslos und musste von ihren Ersparnissen leben. Von Ketino, die eine Menge Erfahrung hatte, lernte sie, einen ununterbrochenen Arbeitsfluss aufrechtzuerhalten.

»Sobald du merkst, dass sie mit einem Fuß im Jenseits stehen, guckst du dich nach jemand Neuem um.«

»Wie soll ich das merken? In dem Alter steht jeder mit einem Fuß im Jenseits.«

»Du kannst es in ihren Augen sehen. Ihr Blick leuchtet verzögert auf, wie eine Energiesparlampe.«

Der zweite Senior war nicht einmal ein Senior. Der 47-jährige leukämiekranke Architekt Kostas hatte solche Scheinwerfer in den Augen, dass er ein dunkles Zimmer erhellen konnte. Er weinte zehn Tage lang ununterbrochen, er wolle nicht sterben. Er konnte nur noch röcheln und schrie Tekla trotzdem an, sie solle ihm das Wörterbuch bringen, damit er ihre Griechisch-Hausaufgaben kontrollieren könnte. Kostas Beerdigung blieb sie fern. Sie entschuldigte sich in gebrochenem Englisch bei seinen Eltern: »Remember alive«.

Gega Tsertswadse wartete bis neun Uhr auf den Anruf von Botschaftsvertreter Andria Kordsachia, dann bis zehn. Um halb elf rief er selbst an. »Die von Ihnen gewählte Rufnummer ist zurzeit nicht erreichbar …« Um elf – dieselbe Antwort. Es wurde zwölf, eins und schließlich zwei Uhr. Er ging zu seiner Nichte Kitsi. Sie suchten die Internetseite der georgischen Botschaft in der Türkei, wählten die angegebene Nummer und fragten nach Andria Kordsachia. Die Stimme der jungen Frau fragte mehrmals nach, ob sie sich sicher seien und ob sie sich nicht im Nachnamen irrten. Ja, er habe sie von jener Nummer aus angerufen, aber vielleicht wisse sie ja auch Bescheid; er selbst sei Lascha Tsertswadses Vater und melde sich bezüglich der Überführung der Leiche seines Sohnes. »Warten Sie einen Moment«, bat die junge Frau, und nach einer zehnminütigen Unterbrechung meldete sich eine männliche Stimme:

»Herr Tsertswadse, guten Tag, ich bin Giorgi Inasaridse, georgischer sonderbevollmächtigter Botschafter in der Türkei. Ich kann Ihnen mit Bestimmtheit sagen, dass weder gestern noch innerhalb des letzten Monats ein georgischer Staatsbürger in der Türkei gestorben ist. Niemand mit dem Namen Lascha Tsertswadse hat die türkische Grenze passiert. Bezüglich Kordsachia – ich bin seit vier Jahren als Botschafter hier tätig und niemand mit diesem Namen hat auch nur ansatzweise einen Bezug zur Botschaft. Könnte es sein, dass es sich um die Botschaft eines anderen Landes gehandelt hat? Haben Sie alles richtig verstanden? Falls sich etwas klären sollte, bitte, melden Sie sich wieder bei der jungen Dame, die vorhin mit Ihnen gesprochen hat, und wir werden unser Bestes tun, Sie zu unterstützen.«

Er verabschiedete sich äußerst höflich, wie es Botschaftern geziemt. Gega Tsertswadse musste ein Stuhl unter den Hintern geschoben werden.

15. DIE GOTTESFÜRCHTIGEN

Die Hündin sah nicht mehr aus wie sie selbst. Hingeworfen, die Schnauze zum Fluss, unhündisch. Als sei sie nicht mehr Jericho. Mutter Barbare setzte sich zu Füßen des Deutsch-Kurzhaar nieder und ihr Herz bemühte sich, zu beten. Es kam eine Litanei heraus:

»In Malasonias Fall gab es keine Beweismittel. DNA-Analysen waren so ominös wie Jesu Christi Heiliger Rock, und wenn es sich nicht unbedingt um den Mord an einem russischen Premierminister handelte, war es sinnlos, sich übermäßige Hoffnungen zu machen. Deshalb machten mein Kollege und ich ein Mapping des Bekanntenkreises. Alle Menschen, die rein hypothetisch an jenem Tag bei Malasonia gewesen sein könnten, sei es Vorgesetzte oder entfernte Cousins; wir notierten sie alle und kamen auf vierundsiebzig Personen. Ich stattete den besonders Verdächtigen persönlich einen Besuch ab. Sie nehmen Frauen meistens nicht ernst und sind daher unvorsichtig. Koroschinadse gefiel mir auf Anhieb nicht. Er hatte etwas Zwielichtiges an sich, aber ich konnte beim besten Willen nicht ausmachen, was es war, denn er benahm sich wie ein Unschuldslamm. Ich überraschte ihn im Wettbüro. Mein Anblick traf ihn wie ein Schlag. Wir müssen reden, sagte ich ihm stirnrunzelnd, entweder hier, oder wir gehen raus. Er folgte mir, ohne zu zögern. Im Hof drängte ich ihn in die Ecke – ich weiß, dass er das nicht wollte, und ich weiß auch, dass so etwas bei Menschen wie ihm absolut nicht üblich ist. Es wäre gut für dich, mit uns zu kooperieren und uns über den Haupttäter zu informieren. Es wäre eine Schande, wenn sie dich stellvertretend für alle einbuchten würden, für so etwas gibt es mindestens 15 Jahre. Ich wusste selbst nicht, was ich sagte, es war, als hörte ich mir selbst zu. Alle Farbe wich dem Armen aus dem Gesicht, sein Mund wurde trocken; er bat um ein Glas Wasser. Er deutete mit seinem Zeigefinger auf etwas und brach augenblicklich zusammen. Er stammelte: ›Der betrunkene Kasradse hatte sich über den Mord an dem Kind verplappert und als wir am Tag darauf alle wieder ausgenüchtert waren, erinnerten wir uns, dass Malasonia keinen Alkohol trinkt und sich an die Details erinnern würde. Kasradse meinte, ich solle ihn anrufen und so tun, als ginge es um eine wichtige Angelegenheit. Den Rest erledigten er und Tschlaidse. Ich habe nur angerufen und bin mitgegangen, und auf einmal brach ein Aufruhr los, dass die Security des Wettbüros einschreiten musste.‹

Unser Kind war gerade aus Europa zurück, als uns Sali Moniawa die Niederschrift ihrer Geschichte schickte. Likuna und Irakli lasen ›Karlsson vom Dach‹ und waren gemeinsam eingeschlafen. Kennst du dieses Gefühl, Jericho, wenn du einen Text liest, sich dir der Inhalt aber nicht erschließen will? Ich rede nicht von Sardiaschwili und Matschutadse! Ich könnte, immerhin, noch die Sechs-Zimmer-Wohnung auf der Rustaweli verkaufen und ihnen das Leben schwermachen. Doch der Name im nächsten Absatz ließ meinen Verstand stocken. Mein Trainer hat immer zu mir gesagt: ›Medea, du handelst, ohne vorher nachzudenken.‹ Kannst du dir meinen Zustand vorstellen, als ich mir bewusstwurde, dass ich meinen Mann gerade von Likunas Bett gezerrt und auf den Boden geworfen hatte? Er schützte sein Gesicht mit den Händen und schrie. Ich schlug so gnadenlos auf ihn ein, dass ich mir das linke Handgelenk brach. Als er sich nicht mehr wehrte, knüllte ich die erste Seite von Salis Bericht zusammen und stopfte sie ihm in den Mund. Ich weiß bis heute nicht, ob es sein Blut war oder meines, das rote Flecken auf dem Papier hinterließ. Er röchelte. Danach erst hörte ich Likunas herzzerreißendes Schreien. Als sie auf ihren Vater hinabblickte und danach zu mir sah, war ihr Mund so weit aufgerissen, dass ihre Augen fast gänzlich verschwanden. Ich ging auf den Balkon und putzte meine Hände an den Blumentöpfen ab. Ich setzte mich in den Sessel und mir war, als würde mich jemand von oben packen, aufheben und ich würde davonfliegen, dorthin, wo die Wahrheit wie eine Lotosblume auf der Oberfläche treibt, wo das Bewusstsein schon so lange herrscht, dass der Ursprung mit der Ewigkeit verschmolzen ist. Als ich mich wieder auf dem Boden der Tatsachen wiederfand, knarrte das große Holztor von Kirsaneti hinter mir im Wind.«

Als Mutter Barbare ihr Gebet für Jericho abgeschlossen hatte, war es bereits dunkel.

»Gehen wir, meine Königin!«

Sie nahm ihre Kopfbedeckung ab und bedeckte die Wunde damit, so gut es ging. Sie schob die Arme unter den toten Körper der Hündin und trug sie. Ihre Füße gingen aufs Geratewohl. Sie erreichte schließlich das Kloster. Kein Mucks drang aus den Wänden. Batura jaulte kurz auf und legte sich wieder in den Viehstall. Sie stieß die Tür zum Weinkeller mit dem Fuß auf und legte Jericho auf den Boden. Der Archimandrit besaß zwei tönerne Amphoren mit Wein, eine große und eine kleine. Besonders angesehene Gäste pflegte Vater Theophilos direkt an der Amphore zu verköstigen – zunächst segneten sie den Wein, dann sangen sie, dann hauten sie hinter verschlossenen Türen rein. Mutter Barbare schob den Deckel der großen Amphore beiseite. Kein Grund und Boden war sichtbar und die blutrote Flüssigkeit sah ausgesprochen appetitlich aus. Die Kugel steckte in Jerichos Seite, ihre Hinterbeine waren abgespreizt. Irgendwie brachte Mutter Barbare es fertig, Jerichos Beine zusammenzuklappen und sie in die Tonamphore zu stecken. Der Körper glitt hinein. Sie hielt Jerichos Kopf noch eine Weile fest. Jericho hatte sich als Welpe ein Ohr gebrochen und immer, wenn sie eins aufstellte, hing das andere herunter wie an einer Wäscheleine. Sie küsste jenes gebrochene Ohr und versenkte die Hündin mit der Hand bis zum Anschlag. Der Traubensaft nahm Jericho auf. Die Nonne deckte die Amphore zu und schloss die Tür hinter sich.

16. IM JAZZ SIND ALLE JUNGFRAUEN[1]

»In der achten Klasse habe ich alle Platten von Barbra Streisand, das Armbandradio meines Patenonkels aus den USA, die Vierhundert-Stück-Briefmarkensammlung und – was am wichtigsten ist – mein eigenes Leben ohne mit der Wimper zu zucken meinem besten Freund und meiner ersten Liebe vermacht: Mika Tschimagadse.«

Mit Mika zu knutschen gleicht eher einem Austausch zarter Küsse als der Leidenschaft eines erotischen Zweikampfs. Diesmal streiten sie sich darüber, ob Barbra Streisand hübsch sei oder nicht. Mikas Meinung nach hat sie nichts zu bieten außer Augen und Stimme. Für Sali ist sie der Inbegriff von Schönheit – nach Monica Vitti, selbstverständlich.

Jener Teil ihres Gehirns, der nicht von Jazzmusik eingenommen wird, ist erfüllt vom ritterlichen Ehrenkodex des Mittelalters und der in der russischen Literatur gepredigten christlichen Großzügigkeit. Deshalb sieht Sali den Himmel von Austerlitz über dem dreckigen Tbilissi sowie eine tief verborgene Seele in den Augen jedes georgischen Durchschnitts-Machos. Sie ist das Kind einer

1 Der georgische (aus dem Russischen übersetzte) Titel des Films »Some like it hot«

bürgerlich-intellektuellen Familie, das in bedingungsloser Liebe großgezogen wurde und dessen Welt nun mit 14 nicht über das Bücherregal ihrer Eltern hinausgeht.

Das Spiel wortloser Verständigung hat sich Sali ausgedacht. Ihrer Theorie nach wird die Sprache in der menschlichen Kommunikation überflüssig und bewegt sich in nonverbalen Höhen, sobald ein gewisser Grad seelischer Nähe erreicht ist. So errät Sali, dass Mika den Jazz der Fünfziger nicht mehr hören kann und seine Seele verkauft hat (wie sich später herausstellte, hatte er sich der Rockmusik verschrieben). Sie spürt in ihrem Rückenmark, dass sein Lächeln über den angeblichen Scherz Eto Managadses im Matheunterricht eine eher schlechte Tarnung seiner Enttäuschung ist. Doch ist ihrem Auserwählten auch ein Gesichtsausdruck eigen, der Sali seit ihrem ersten Sex aufgefallen ist und den sie jedes Mal falsch versteht. Komplexe Emotionen behandelt sie wie ein Held Fjodor Michailowitsch Dostojekwskis – sie zieht ihre Schlüsse und schiebt sie beiseite. Wozu die Eile, haben sie denn nicht ihr ganzes Leben noch vor sich?

Niemand riecht so gut wie er. Sie braucht nur einmal seinen Körper einzuatmen und eine bedingungslose Zufriedenheit begleitet sie noch stundenlang. In letzter Zeit ist er sogar eloquent geworden – Mika und Eloquenz, wer hätte das gedacht! Er ist keiner von den »coolen« Jungs. Er ist kein Anführertyp. Genau so hatte es der Klassenlehrer in seinem Zeugnis vermerkt. Mika hat sein Aussehen nie zu seinem Vorteil ausgenutzt. Gut, sagen wir, bei den Jungs wäre er sowieso nicht weit gekommen, aber sogar bei den Mädchen bewegt er sich auf einer ebenbürtigen Basis. Er unterbricht sie nie und steht auch mit Einfühlungsvermögen nicht auf Kriegsfuß. Sprich, es ist etwas Schwules an ihm. So denkt die ganze Klasse – mit einer Ausnahme.

»Mikalein, du stolzierst so herum in letzter Zeit, was gibt's Neues im Leben?«, zischte Managadse scheinheilig, so dass es alle hören konnten.

»Reicht doch für alle, wenn einer gebückt geht, Pummelchen. Ich hab gehört, du hast deinen Diätplan verloren, brauchst du Hilfe?«

Diese Worte warf Mika ihm so gelassen vor die Füße, dass er von sich selbst erstaunt war. Bald danach freundeten sie sich an und nach einer Weile zeigten auch andere Jungs Interesse an seiner Gesellschaft. Sie waren zwar nicht die Angesagtesten, aber vorher hatte sich niemand auch nur ansatzweise um Mika geschert, deshalb freute er sich über jede Aufmerksamkeit. Hätte ich das nur vorher gewusst, dachte er, man muss einen Menschen nur ordentlich zur Schnecke machen,

»So ein Selbstbewusstsein kann ihm nur eine Frau geben. Hundertpro fickt er jemanden.«

Matschutadse war der Pionier der Klasse. Als er dreizehn wurde, hat ihm sein Onkel zum Geburtstag einen Bordellbesuch geschenkt und die ganze halbe Stunde seiner Mannwerdung vor der Tür gewartet.

»Wenn's eine aus dem Viertel gewesen wäre, hätten wir davon gehört.«

»Nein, keine Nutte. Ne Anständige.«

»'ne Jungfer also?«

»Ja, entweder 'ne Jungfer oder 'ne Ältere, Verheiratete oder Geschiedene. Aber keine Nutte, verstehst du?«

»Ja, ich hab mich auch schon gefragt, wo der Lappen auf einmal die Eier herhat.«

Mit vierzehn ist die Grenze zwischen normal und andersartig in Stein gemeißelt und der Spürsinn für Abweichungen so ausgeprägt wie der eines deutschen Schäferhundes. Tiko ist ungewöhnlich, aber innerhalb des akzeptierten Rahmens. Sie ist stur wie ein Esel und draufgängerisch wie ein Junge. Ani ist auch ungewöhnlich. Habt ihr sie schon einmal sprechen gehört? Man kann an einer Hand abzählen, wie oft sie den Mund aufgemacht hat, und dabei sieht sie einen nicht einmal an. Kurz gesagt, sie ist zwar nicht ganz »richtig« im Kopf, allerdings im »normalen Sinne« nicht richtig im Kopf. Aber es gibt auch andere Abweichungen, die wie ein Dorn ins Auge stechen und anstacheln. Sie sind ein derart direkt fassbares Phänomen, dass der innere Spürhund keiner fünf Sinne bedarf, um zu merken, wenn sich eine Abweichung diesen Ausmaßes in unmittelbarer Nähe befindet. Sollte sich jedoch keine Abweichung finden lassen, erfindet man sie einfach selbst, dem Gott Voltaires gleich. Ob es bei Sali »Abweichungen« gab oder ob sie erfunden wurden, daran kann sich weder Sali erinnern noch – die Anderen.

Nur ein paar Menschen in der Stadt hören Jazz. Im Sowjetregime waren Platten kapitalistischer Musik Mangelware – genauso wie guter Musikgeschmack. Beide verstehen anfangs nicht, was ihnen an dieser elitären Kakophonie zusagen soll, aber dann zwingen sie sich und nach exakt einem Monat ist Mika Sali verfallen und beide – dem Jazz.

»Fickst du sie oder tut sie noch schüchtern?«

Die Regeln des Genres geben vor, dass man seinem Gegenüber nun aus voller Kraft ins Gesicht schlagen muss. Wenn er auf den Boden fällt, muss man sich auf ihn setzen und so lange auf ihn einprügeln, bis jemand dazwischengeht. Mika kennt die Regeln des Genres, aber nicht die Kunst des Fäusteschwingens. Er ist emotional anders gepolt, was kann er dafür? Sollen die anderen halt denken, dass auch er mittlerweile ein Mann ist und schon Sex hatte. Und zwar nicht mit der Hure Soia aus der Nachbarschaft, als Gefälligkeit seines Vaters, sondern mit der hübschen, klugen und jungfräulichen Salome Moniawa.

»Willst du uns deine Kleine nicht vorstellen?«

»Ja, was soll das? Wenn wir eine hätten, würden wir sie dir ja auch vorstellen, wieso hältst du sie geheim?«, meint Gigi Sardiaschwili.

»Ich halte sie nicht geheim. Seht ihr sie nicht jeden Tag?«

»Das meinen wir nicht. Richtiges Zusammensitzen, unter Männern einen heben und so.«

Noch nie hatte jemand Mika angeboten, »unter Männern« einen zu heben. Zusammensitzen – erst recht nicht. Er wurde als nicht vollwertig wahrgenommen. Ein-, zweimal hatten sie ihm das angedeutet und ihn in der Garderobe angetatscht. Er hatte es als Scherz abgetan, sein braves Gesicht aufgesetzt und sie angelächelt: »Schon gut, wir sind schließlich Brüder.« Und nun hatte Mika die Möglichkeit, nach den Sternen zu greifen. Er steckte die Hände in die Hosentaschen und stellte seine Stimme tiefer:

»Klar! Wie wär's mit Samstag? Da sind Salis Eltern auf einer Beerdigung und wir sind alleine.«

»Bist ein Bruder!«, sagte Matschuta.

Die Mutter hat Essen vorbereitet und war bereits auf dem Weg zum Begräbnis der Mutter ihrer Kollegin. Sie sind zu viert: selbstverständlich Mika, Atschi, Gigi und Matschuta. Matschuta stachelt ihn zum Trinken an, er müsse der Tischmeister sein, was für ein Gastgeber er denn sonst sei? Sie scherzen viel herum. Matschuta zwingt Sali das letzte Glas förmlich auf: »Komm schon, mir zuliebe, magst du mich nicht? Einer noch, einer!« Sali blickt hilfesuchend zu Mika; er vermeidet es, ihr in die Augen zu sehen. Atschi rutscht auf dem Stuhl hin und her, als warte er auf ein Zeichen. Nach dem sechsten Glas steht er auf:

»Matschuta, Mika und ich gehen Schnaps holen.«

»Alter, kauf da, wo wir immer einkaufen, nicht dass euch Goscha Fusel andreht!«

»Das ist zu weit weg.«

»Aaach, komm!«

»Schon gut, wir gehen da hin.«

»Probier's zuerst, bevor du's kaufst, verstanden?«

»Okay.«

Matschuta nimmt Mika zur Seite und tuschelt ihm vertraulich zu: »Mika, weißt du, der ist ein bisschen blöd. Probier du den Schnaps, ja, dass die uns nicht vergiften. Kennst du dich aus?«

»Ja, doch.«

»Der Schnapstyp verkauft auch Trockenfisch, dünn wie gewürztes Fruchtleder. Du leckst dir die Finger danach, so gut ist der! Wenn das Geld reicht, kauft auch davon was.«

Mika wirft sich glücklich seine Jacke um und rennt seinem neuerworbenen Kumpel auf der Treppe hinterher. Ein unbeschreibliches Gefühl, als Zeichen des Vertrauens zum Alkoholkauf geschickt zu werden. Atschi ist sowieso eine personifizierte Bremse, heute ist er ganz besonders langsam. Zuerst verirrt er sich, dann gefällt ihm der Schnaps nicht und er fordert das Geld wieder zurück, um woanders nachzusehen. Er fragt in jedem einzelnen Geschäft, das auf dem Weg zum Meidan-Platz liegt, nach fruchtlederdünnem Trockenfisch. Als sie schwerbeladen wieder bei Sali ankommen, ist mindestens eine Stunde vergangen. Niemand macht auf. Sie hämmern gegen die Tür, lange ohne Erfolg.

»Moniawa, wenn du auch nur einem Menschen was sagst, weiß morgen die ganze Schule, dass du eine Nutte bist. Die stellen sich an bei dir! Mach dir keine Sorgen um Mika, um den kümmere ich mich.«

Matschuta deckt ihren nackten Körper zu und legt seinen Kopf darauf.

Am Montag ist sie gerade aus der Schule zurück, als es an der Tür klingelt. Diesmal sind sie zu fünft. Mika kann seiner Freundin nicht mehr in die Augen, wohl aber auf den Busen sehen. Sali Moniawa macht an jenem Tag eine einschneidende Erfahrung: Jungs können immer, und der Wendepunkt zwischen Lebenswillen und Nichtseinwollen ist die Hoffnung. Salis Hoffnung, sie würden ihren Körper abgrasen und links liegenlassen, lebt sechs Jahre lang.

17. EIER UND LIEBE

Die Psychotherapeutin hatte Sali geraten, sich hinzusetzen und alle möglichen Szenarien niederzuschreiben. Sobald sie alle Varianten ausgeschöpft hätte, würden ihre Angstzustände nicht mehr so stark ausschlagen und sie käme zur Ruhe. Sie kam auf vierzehn Möglichkeiten. Im ersten Szenario blickt Sali ihn mit nichtssagenden Augen an und stellt ihn bloß: Du hast mein Vertrauen zu den Menschen zerstört, zur Menschheit, zur Welt. Bitte mich nicht um Vergebung, bitte Gott um Vergebung und wisse, dass ich dir niemals vergebe. Diese Schuld wird für immer auf deinen Schultern lasten. Im zweiten Szenario liegt sie nach einem Selbstmordversuch im Krankenhaus, Schläuche an Nase und Armen. Mika ruft. Du bist für mich schon lange tot, und mit Geistern rede ich nicht, bekommt er als Antwort. Im dritten ist Sali durch einen Unfall ums Leben gekommen und er weint an ihrem Grab. Im sechsten sitzen sie im Verhörraum. Er auf der einen Seite, Sali auf der anderen, in der Mitte – ein Ermittler. Sali zählt in aller Ausführlichkeit jede einzelne Demütigung auf, die ihr innerhalb dieser sechs Jahre widerfahren ist. Mika weint und fleht den Ermittler an, er würde alles unterschreiben, was sie von ihm verlangten, sie sollten nur aufhören. Im vierzehnten Szenario heuert Sali eine Bande an und befiehlt ihnen, ihn vor ihren Augen zu vergewaltigen. Er wehrt sich nicht; er weiß, dass er es verdient. Von diesem Szenario erzählt sie der Psychotherapeutin nicht. Sie will nicht, dass es ihr als latente homosexuelle Neigung ausgelegt wird.

Mika hatte keine Ahnung, was für eine Antwort ihn erwartete, als er tatsächlich eines Tages anrief. Gerne, lass uns gemeinsam zu Mittag essen, meinte Sali, und sie trafen sich im »Lagidse«. Er hatte sich einen Bart wachsen lassen. Er wollte unauffällig wirken und hatte eine unauffällige Jeans und ein grünes T-Shirt angezogen. Mika Tschimagadse war »Mr. Fashion« und pflegte so viel auf sein Äußeres zu geben, dass seine Kumpel regelmäßig stichelten, was für einen Pracht-Schwulen die Nation doch an ihm verloren habe. Er wollte Sali Moniawa nicht unnötig mit der Darstellung seines Erfolgs reizen. Wer weiß, was ihn auf der anderen Seite erwartete.

Sali ist ganz in weiß, wie Gandhi, und ihr jahrelang trainierter Körper verströmt einen angenehm kühlen Duft.

»Wie geht es dir, Mika?«

In keinem einzigen Szenario spricht sie ihn mit seinem Namen an. Sie wundert sich.

»Gut.«

»Wo arbeitest du?«

»In einer Mineralwasserfirma. Ich bin Betriebsingenieur.«

»Das wusste ich nicht. Aber ich höre ab und zu mal was über dich.«

»Wo lebst du?«

»Hauptsächlich in Europa, im Sommer bin ich hier. Wir haben ein neues Studienprogramm an der Universität eingeführt.«

»Was machst du dort?«

»Ich habe ein Rehabilitationszentrum für Opfer von Gewalt, mitten im Wald. Ein wahres Paradies. Meld dich, falls du mal da sein solltest, und ich zeige es dir. Die meisten wollen gar nicht mehr weg.«

Er wusste, dass sie Ärztin war, in Italien oder Spanien lebte und unverheiratet war. Mehr wusste niemand.

»Du wolltest was mit mir besprechen.«

»Ja, ich wollte dir etwas sagen. Ich weiß nicht, wie ich anfangen soll. Ich wollte dir schon immer sagen, dass –«

»Willst du mit mir über meine Vergewaltigungen sprechen?«

Sie blickt ihn mit aufrichtigen und friedlichen Augen an; Unbehagen ist ihr nicht anzusehen.

»Nun … jaa …«

»In Ordnung. Reden wir darüber, wenn du willst.«

»Ja … okay. Ich will –«

Sie hätte mehr als vierzehn Szenarien aufschreiben sollen, denkt sie und wundert sich noch mehr.

»Willst du mich etwas fragen?«

»Nein. Nicht fragen. Ich will dir nur sagen – ich will dir nur etwas sagen.«

»Okay.«

»Das Schicksal hat mich gestraft für das, was ich getan habe. Meine Tochter hatte einen Autounfall, und sie … sie kann nicht mehr sprechen. Sie kann kaum gehen. Sie ist sechzehn. Meine Frau hat mich nach der ganzen Sache verlassen. Ich will nur, dass du weißt, dass ich nicht glücklich bin. Ich kann dir noch nicht einmal alles sagen. Aber ich bin nicht glücklich. Ich will, dass du das weißt.«

Sali steht das Mitgefühl ins Gesicht geschrieben.

»Das tut mir leid, Mika! Ich kann mir nicht vorstellen, wie schwer das sein muss, wenn es um die Gesundheit der eigenen Tochter geht.«

Irakli Tschimagadse ist in Beichtlaune. Er will ihr erzählen, dass sie für ihre 16-jährige Tochter eine Sexarbeiterin eingestellt haben und dass er in der Küche mit riesigen Kopfhörern zu Abend isst, damit er nicht mitanhören muss, wie langwierig und mühsam Likuna zum Orgasmus kommt.

Auf einmal ändert sich Salis Gesichtsausdruck zu einem traurigen Lächeln:

»Mika, hörst du immer noch Jazz?«

»Ach, nein.«

»Sondern?«

»Soundtracks türkischer Seifenopern.«

Selbst wenn sie für jede einzelne Therapiesitzung ein neues Szenario hätte schreiben müssen – niemals hätte sie sich so ein Gespräch vorgestellt. Als sei nichts dabei, doch irgendetwas stört sie. In den Szenarien sieben bis elf hatte Sali ihm alles verziehen, vergessen und ihr Leben weitergelebt. Sie hatte alles mit ihrer Psychotherapeutin durchgearbeitet – was sie sagen würde, was sie antworten würde, was sie fühlen würde, wohin sie ihren Blick leiten würde, wie sie ihre Hände halten würde, wie sie die Worte herauspressen und dann wieder schweigen würde. Doch so eine Sali hatte sie sich nicht vorgestellt. Als sei nichts geschehen, als seien die sechs Jahre in ihrem Leben verpufft. Sie kann sich zwar an sie erinnern, aber nur auf eine eigenartige Art und Weise; distanziert wie an ein ausgedachtes Drama.

»Hast du irgendwas von den anderen gehört?«, fragt er.

Reality Check? Du bist ein Wichser, Mika Tschimagadse, denkt er.

»Meinst du die anderen Gewalttäter?« Sie fragt zurück, als sei nichts weiter dabei. »Ich? Oh nein. Und du? Seid ihr immer noch befreundet?«

»Matschuta ist in die Politik gegangen. Er macht Geschäfte in Moskau und ist auf der Parteiwahlliste. Gigi gehört irgendein Pharmaunternehmen. Wako war im

Gefängnis und ist wieder draußen. Atschi wurde getötet, aber das weißt du wahrscheinlich.«

»Ja, das mit Atschi weiß ich. Das ist schon lange her, oder? Von Matschuta und Gigi wusste ich nicht.«

Sein Unbehagen wandelt sich langsam in Wut. Sie hatte ihre Jugend als Eigentum anderer verbracht. Die Gefühle von Angst, Hilflosigkeit und Kapitulation, die sich in seinem Gesicht zeigen, sind dermaßen banal, dass ihr beim bloßen Anblick schlecht wird. Zwei Jahre nach dem ersten Abiturtreffen hatte sie sich von allen distanziert. Und diese Frau sitzt ihm jetzt gegenüber und nennt jene Jungs mit Spitznamen, die ihr Leben nach allen Regeln der Kunst zur Hölle gemacht haben mussten.

»Wieso bist du nicht wütend?«

War es nicht das, was er sich damals auch gewünscht hatte? Dass sie wenigstens einmal wütend geworden wäre! Wieso hat sie ihren Kopf eingezogen wie ein Lamm? Wieso hat sie ihn, wenigstens ihn, nicht angespuckt?

»Mika … das ist ewig her.«

Sie sieht auf die Uhr und steht auf.

»Es war schön, dich zu sehen.«

An der Treppe dreht sie sich noch einmal zu Mika um:

»Weißt du noch, als du mir weismachen wolltest, Art Tatum hätte sechs Finger pro Hand?«

»Soll ich es noch einmal aufwärmen?«, fragt die Kellnerin.

»Was meinen Sie?«

»Ihre Chatschapuri, sie steht schon seit einer Stunde am Tisch. Sie ist bestimmt kalt geworden.«

Der Herbst war angebrochen und die erste Schulwoche stand an. Sie hatten fast zehn Zentimeter zugelegt – als habe man jeden von ihnen den Sommer über gegossen wie eine Pflanze. Sali trug ihre Haare offen. Sie wirkte erwachsen und weiblich. Ihr Hemd war makellos weiß und frisch gestärkt. Er stand ein paar Meter weiter, seitlich zu ihr. Im Laufe seines Lebens war Mikas Herz bereits einige Male stehengeblieben; einmal, als sein Vater einen Unfall hatte; einmal, als sein Hund von einem Auto überfahren wurde; einmal in frühester Kindheit, als sie Sighnaghi besuchten – und heute. Sali erzählte ihren Freundinnen eine witzige Geschichte und kicherte dabei. In solchen Momenten neigte sie den Kopf immer leicht nach hinten. Selbst als ihre Freundinnen nicht mehr lachten, strahlte Sali immer noch. Mika stand und lauschte. »Mein Seelenlicht«, flüsterte er. Hatte seine Oma Maro das Foto ihres im Zweiten Weltkrieg gefallenen Jungen nicht immer so liebkost? »Mein Seelenlicht«.

In jenem Sommer hatte Sali das wohlbekannte, wenn auch zwischenzeitlich vergessene Gefühl gehabt, sie könne alles erreichen, wenn sie nur wolle. Sie war drei ungestörte Monate lang durch die Berge geglitten. Ihr Herz wurde leichter und der Geschmack von Freiheit hatte den Impuls in ihr geweckt, sich aufzulehnen. Sie erklärte der sexhungrigen Bande am Telefon, dass ihre sogenannte Beziehung hiermit beendet war und sie sie ab sofort weder ins Haus lassen noch zu vereinbarten Treffpunkten kommen würde.

Matschuta bat die anderen, sie nicht ins Gesicht zu schlagen und generell die Körperstellen zu meiden, an denen Blutergüsse sichtbar wären. Deshalb hielt einer sie im Treppenhaus ihres Musiklehrers von hinten fest, während ein anderer ihr mit der geballten Faust seitlich auf den Schädel schlug. Sali drehte ihren Kopf instinktiv weg und bekam den Hieb auf Schläfe und Wangenknochen. Es schwoll deutlich sichtbar an. Mika hatte sich im Jahr zuvor aus dem brüderlichen Spaß zurückgezogen, nahm die erotischen Neuigkeiten aber regelmäßig zur Kenntnis. Von ihrer Auflehnung und deren Niederschlagung hatten sie ihm allerdings kein Wort gesagt. Auch Sali ging nicht ins Detail. Die Frage »Was ist mit deinem Gesicht passiert?« beantwortete sie mit einem stechenden Blick. Blicke lesen konnte Mika von klein auf.

In der Morgendämmerung nahm er ein kleines, scharfes Messer aus der Küche, steckte es in die Hosentasche und legte sich hin. Er wusste genau, wessen Handschrift es war, Frauen zu schlagen. Er müsste ihn im Klo zur Seite nehmen, sodass er gar nicht merken würde, was ihm geschah. Vier Stiche, und wenn er nicht an Ort und Stelle sterben sollte, würde er auf jeden Fall verbluten, bevor der Krankenwagen einträfe. Und dann? Was dann? Was dann ist, ist egal. Wie einfach das Leben doch manchmal sein kann. Die Wahrheit kommt angeschwebt, erfüllt Seele und Körper mit Gewissheit und auf einen Schlag wird man von einem vollkommenen Frieden eingenommen, als spüre man den Boden unter den Füßen nicht mehr.

Von Mikas Haus bis zur Schule waren es dreihundert Meter. Die ersten hundert Meter ließ er mit einer Leichtigkeit hinter sich, als renne er auf dem Mond. Auf halbem Wege machte sich die Schwerkraft bemerkbar; die letzten hundert Meter wurden seine Beine schwer, und als er am Schuleingang seinen Freundeskreis auf einem Haufen sah, gaben seine Beine ganz auf. Wut ist der unpraktischste aller Geisteszustände. Wenn man sie nicht regelmäßig anstachelt, bleibt sie auf halber Strecke liegen. Dazu aber bedarf es etwas, was Mika fehlte und wahrscheinlich immer fehlen würde. Aber was war es, was Mika fehlte?

Zwanzig Jahre später erzählt er seinem Psychotherapeuten die Geschichte und jammert noch immer über das, was ihm gefehlt hat, über das, womit er seinen Meinungsumschwung an jenem Tag erklären wollte. Niko Botswadse murmelt vielsagend und gibt ihm die Aufgabe, sich auf das Sofa zu legen und zu entspannen. Er solle versuchen, an nichts zu denken, bis fünf zu zählen – und sich die Frage selbst zu stellen.

»Was ist es, was mir gefehlt hat, was ich nicht hatte und weswegen ich meine Entscheidung geändert habe? Du musst das erste Wort, das dir in den Sinn kommt, laut aussprechen. Das wird deine Antwort sein.«

Durch das Unterbewusstsein des Psychoanalytikers blitzt der Gedanke, hierbei müsste es sich um »Eier« handeln. Er setzt sich in den Sessel gegenüber und untersucht sein eigenes Unterbewusstsein – wieso unbedingt »Eier«? War das die logische Schlussfolgerung aus Mikas Erzählung oder doch wieder seine Projektion? Es war so, dass bei den Sitzungen mit einem gewissen Patienten diese Projektionen oft als Schutzmechanismen auftraten. Es wird Zeit, dass er sich an seinen eigenen Psychoanalytiker wendet und sie im besten Falle einige Sitzungen, todsicher aber die letzte, wie Sonnenblumenkerne auseinandernehmen.

Mika entspannt sich und beginnt zu zählen. Es scheint ihm unangenehm zu sein, die Augen zu schließen, dabei hat er seine Augen in diesem Raum fast genauso oft zu wie offen gehabt. Über Botswadses Sessel hängt das Bild von einem Raben. Der schwarzglänzende Vogel hat seinen Kopf zur Seite gelegt und blickt gen Himmel. Mika sieht in dieselbe Richtung, die auch den Blick des Raben gefangen hält, und stellt sich die Frage: »Irakli Tschimagadse, was hat dir gefehlt, um Sali zu helfen?« Als er bis vier gezählt hat, hallt es aus seinem Unterbewusstsein: »Liebe.«

18. MARGALITA

Die 24 Stufen zur zweiten Etage des dreistöckigen Hauses waren so steil, dass sich Kinder und Erwachsene gleichermaßen schwertaten, sie zu erklimmen. Seine Oma und seine Mutter bezwangen die Treppe nach zweimaligem Hinsetzen mit Ach und Krach und erreichten schließlich Augenhöhe mit der schmächtigen Frau, die wie eine Säulenheilige am obersten Absatz der Treppe stand und von Anfang der Via Dolorosa bis zum Ende ganze dreizehnmal schimpfte: »Dass ich das noch miterleben muss!«

Isolda humpelte merklich. Seitdem ihr Bruder sie in ihrer Kindheit von einem Walnussbaum geschubst hatte, wiegte sie beim Gehen hin und her, als wäre sie auf hoher See. Der Meinung seiner Großmutter nach war das der Grund, weshalb sie nicht größer gewachsen war als einen Meter fünfzig. Isolda selbst hatte eine rationalere Erklärung für ihre unterdurchschnittlichen Maße – ihre Tante väterlicherseits sei winzig gewesen, sie habe ausgesehen wie in den Schatten geschissen, und sie sei nun mal nach ihr gekommen. Isoldas Mutter und Mikas Uroma waren Schwestern gewesen – eineiige Zwillinge. Sie sind am selben Tag geboren und am selben Tag gestorben, eine an Bauchspeicheldrüsenkrebs, die andere an Terpentin.

Niemand wagte auch nur davon zu träumen, der hinkende Däumling könnte heiraten, deshalb steckten sie ihren gesamten Aufwand in ihre Bildung. Sie schloss zuerst das Fremdspracheninstitut ab, danach das Konservatorium. Sie war die Wunschkandidatin jeder Regierungsdelegation in Sighnaghi. Ob russische Generäle oder vereinzelte Westeuropäer zu Gast waren – sie saß stets am Kopfende jeder Festtafel des regionalen Parteikomitees. »Das ist unsere Lehrerin«, pflegten sie sie vorzustellen. Und dann, ganz nebenbei, begann Isolda mit melodischem Russisch, fuhr fort mit sanftem Französisch und wechselte dann, bei Bedarf, in ein ratterndes Englisch. Spätestens in diesem Moment fiel den Kapitalisten die Kinnlade herunter. Und wenn das Fest ausschweifend wurde, brachte der Gastgeber einen Toast auf die georgischen Frauen aus, und Isolda, die oftmals die einzige Frau an einer Dreißig-Mann-Tafel war, trug ihre Dankesrede am Klavier vor.

Isolda züchtete Seidenhühner – japanische Hühner, wie sie in Kachetien aufgrund ihrer Winzigkeit genannt wurden. Sie wurden meistens als lebende Dekoration für den Hof oder als kleine Freude für die Kinder gekauft. Viele Familien besaßen ein weibliches und ein männliches Exemplar, doch die Hühner konnten sich unter natürlichen Umständen nicht fortpflanzen, und falls eines der beiden starb, kam der Ersatz direkt aus dem Brutkasten. Außer japanischen Hühnern nannte Isolda noch Aubergine, einen glupschäugigen Chihuahua, und die für ein Huhn unangemessen dicke, weiße Margalita ihr Eigen.

Da das Treppenhaus keine Fenster hatte, fand man sich in einem stockdunklen vertikalen Tunnel wieder, sobald die obere und untere Tür geschlossen waren. Wenn sich die Erwachsenen in ihrem Getratsche verloren, schloss Mika leise die obere Tür und rannte nach unten, um die untere ebenfalls zu schließen und sich danach mit der Taschenlampe den Weg durch eine Höhle voller Fledermäuse und Schätze zu bahnen.

Im Herbst musste Mika in die Schule und da – Omas Ansicht nach – eine Schule »ein Gefängnis« sei, aus dem der Gefangene »nur deshalb jeden Tag nach Hause entlassen wird, um am nächsten Tag wieder einzusitzen«, beschloss er, den letzten Monat seiner Freiheit der Erkundung aller Geheimnisse Sighnaghis zu widmen. Selbstverständlich begann er mit der Suche nach dem versteckten Schatz in Isoldas Haus. Am oberen Treppenende hatte sich Margalita aufgebaut und versuchte leise gackernd ihren nicht vorhandenen Fuß auf die steile Treppe zu setzen.

»Omi Isolda, hat Margalita keine Füße?«

»Hat sie, Schatz, wie soll sie denn sonst gehen?«

»Sind sie versteckt?«

»Die Küken, Schatz?«

»Nein, die Füße!«

»Man sieht sie nicht, mein Schatz, Margalita ist krank. Sie ist so auf die Welt gekommen. Sie war schon als Küken sehr dick und ihre Mutter und Geschwister hackten auf ihr herum, weil sie anders aussah als die anderen. Hab mir Sorgen gemacht, dass sie sie umbringen, und hab sie deshalb in meine Tasche gesteckt und mitgenommen.«

»Aus dem Hühnerstall?«

»Nein, mein Schatz, vom Markt in Bakurtsiche.«

Er glaubte Oma Isolda zwar, aber er hatte Margalitas Füße kein einziges Mal gesehen und schloss daraus, dass sie nicht lief, sondern herumrollte wie ein Ball. Sie rollte in die Höhle hinauf, sie rollte wieder hinunter, und so verbrachte sie den ganzen Tag, bis Oma Isolda sie und den Chihuahua Aubergine zum Schlafen in die Wohnung scheuchte. Mika schloss die obere Tür und richtete neugierig die Taschenlampe auf die Stelle, wo bei normalen Hühnern die Füße zu finden sind. Margalita hatte tatsächlich keine. Sie sah aus wie ein weißer Globus und ihr zögerlicher Gackerversuch erstickte im Keim. Sie ist wohl taubstumm, dachte er sich und berührte ihren Flügel mit der Taschenlampe. Gegacker? Sie rührte sich nicht einmal.

»Komm, geh runter, Margalita!«

Margalita rührte sich nicht – als sei nichts.

Er beugte sich zu Margalitas Köpfchen und schrie:

»Margalitaaa!«

Nicht in tausend Jahren.

Sie ist taubstumm, dachte er und richtete sich schlechtgelaunt auf. Er wusste nicht, woher sein Mut plötzlich kam, aber er kann sich an den starken Antrieb erinnern, der mitten in seinem Herzen pochte. Sein linker Fuß traf Margalitas Hintern wie von selbst, doch gut gezielt, und sie kullerte, rund wie eine Zeichentricklawine, im Schein der Taschenlampe vom Treppenabsatz. Als sie die ersten beiden Stufen hinter sich hatte, ließen sich zwei rote, eingeklappte Quirlfüße ausmachen. Der Anblick begeisterte ihn. Margalita hatte doch Füße! Wer hätte das gedacht! Doch bald schlug die Begeisterung in ein anderes Gefühl um. Zwischen Brust und Rücken durchfuhr ihn ein derart unerträglicher Schmerz, dass ihm die Taschenlampe aus der Hand fiel. Er hatte Margalita getötet.

»Ihr solltet dankbar sein, dass er es von der Treppe noch hierhin geschafft hat«, meinte Schota, der Arzt.

»Vierzig Tage Bettruhe! Kein Lesen, kein Rumlaufen, kein Fernsehen – verstanden, junger Mann?«

Mika lag da und ließ seinen Blick zur weißen Krankenhausdecke schweifen. Haben sie Margalita begraben? Er wollte nach ihr fragen, traute sich aber nicht. Sie wussten, dass er sie umgebracht hatte. Auch Margalita wusste es. Niemand konnte sie mehr zurückbringen und sie würden sie vergraben, rund wie der Ball, der sie war, samt ihren eingeklappten Füßen. Er wollte sterben; er wusste, dass es unverzeihlich gewesen war, Margalita zu treten – und doch hatte er es getan. Er drehte sich zur Seite und ergriff die Hand des Arztes:

»Ich will sterben!«

»Was sagst du da, Mika! Es ist noch viel zu früh für dich. Du musst erst zu Opa Irakli werden und dein Haar muss weiß werden und deine Zähne ausfallen!«

»Ich will aber jetzt!«

Seine Großmutter schluchzte so laut, dass der Arzt seine Aufmerksamkeit auf sie verlagern musste.

»Schota, was ist, wenn er geistig zurückbleibt? Oder verrückt wird? Dann kann ich keinen Tag weiterleben!«

Sein Vater war ein anerkanntes Genie und die Oma erwartete auch von ihm Großtaten der Ingenieurskunst.

»Eine Gehirnerschütterung, so kurz vor Schulbeginn?!«

»Maro, beruhige dich, er ist noch nicht ganz bei Sinnen. Er muss ausschlafen, und danach ist er wieder er selbst«, beruhigte Schota sie.

»Ich dreh ihr den Hals um, der alten Henne! Wartet nur, bis ich zu Hause bin!«

»Margalita lebt noch?« Mika war auf einmal hellwach.

»Du kannst dich an Margalita erinnern, mein Schatz?«

»Omaaa! Lebt sie noch?«

»Die bringt nichts um, mein Schatz, die läuft allen ständig vor die Füße, das Elendsvieh!«

Er hörte das leise Wimmern seiner Großmutter, das von der Brust des Arztes abprallte. Er spürte, wie seine Muskeln schwerer wurden. Er zerfloss wie schmelzende Knete und schlief ein, doch wollte er nun noch lieber sterben als vorher.

19. WUNDERKAMMER

»Es ist ein Mann, bah – mir wird schlecht!«

Das Kleid war eine Handbreit aufgeschnitten worden. Im Operationssaal zogen sie Monika vollkommen aus. Der mit einem Doppelknoten in ihrer Unterhose nach hinten gebundene Penis klappte zur Seite. Die jüngere Krankenschwester erschrak und sprang schreiend zurück. Der Chirurg Swiad Wardosanidse stieß einen gebührenden Fluch aus und bedeutete dem Assistenzarzt, zu übernehmen. Monika war schon längst zusammengeflickt, als sich alle Ärzte, Schwestern, Pfleger und Putzkräfte noch im Operationssaal drängten, um die »seltene organische Pathologie« zu begutachten. Den auf dem Operationstisch ausgebreiteten Körper zierten zwei wunderschöne Brüste und ein Penis ausgewachsener Größe. Sie befriedigten ihre Neugier und gingen erheitert ihrer Wege. Wenn der Direktor das harmonisch schnatternde Krankenhauspersonal gesehen hätte, das sich in seltener Eintracht in der Abteilung für Chirurgie drängte, hätte er keine 350 Euro mehr für dreitägige Teambildungsmaßnahmen mehr verschwendet.

»Tina, Monika wurde verletzt«, rief Irakli.

»Was?!«

»Wir sind im Zentralkrankenhaus. Sie hatte meine Nummer als Kurzwahl eingespeichert und die Polizei hat mich angerufen.«

»Wer hat sie verletzt? Kannte sie ihn?«

»Irgend so ein Boris. Er habe sie bedroht, wenn sie nicht aus seiner Nachbarschaft verschwinde, würde es ihr leidtun.«

»Sie ist nicht in Lebensgefahr, oder?«

»Nein, aber sie hat einen Monat Bettruhe verordnet und muss währenddessen gegen das Wundliegen gewickelt werden.«

»Ruf ihren Sozialarbeiter an, Mika, damit er ihren Eltern Bescheid geben kann.«

»Berdia ist hier. Er beteuert, dass es sinnlos sei. Er habe mehrmals bei den Eltern angerufen und von beiden immer dieselbe Antwort bekommen, ihr Kind sei tot und er sollte sie nicht länger belästigen.«

»Moment, aber wo soll sie dann hin? Wie lange können sie sie dabehalten?«

»Sie wird in drei Tagen entlassen. Ich dachte, ich hole sie erst einmal zu mir.«

»Ach. Und Likuna?«

»Ich habe mit Lamara gesprochen. Sie hat Likuna nicht im Griff. Ich mache hier noch was fertig und gehe dann nach Hause. Kommst du auch her?«

Monika kümmerte sich schon seit einigen Monaten um Likuna. Sie legte sie schlafen, weckte sie auf, ernährte sie, ging mit ihr spazieren, liebkoste sie, lernte mit ihr, machte Sport mit ihr, brachte sie zum Lachen. Lamara war zuerst neidisch, bis sie merkte, dass sie nunmehr für das Gucken türkischer Seifenopern bezahlt wurde, dann schickte sie ein Dankesgebet gen Himmel. Als Berdia und Mika ankamen, trafen sie Lamara zerzaust und verheult an. Likuna hatte ihren Kopf wiederholt gegen den Fußboden geschlagen, und sie habe sie kaum stillhalten können. Sie könne das kein zweites Mal mitansehen. Irakli rief den Notarzt.

»Und was soll ich morgen machen, wieder den Notarzt rufen?«

»Vielleicht beruhigt sie sich ja.«

»Nein, machen Sie sich da keine Hoffnungen«, klinkte sich Lamara ein, »sie will niemanden außer dem Transistuten. Sie hätten sehen sollen, wie sie ihren Kopf gegen die Wand schlug! Hier, meine Hände sind vollkommen gequetscht!«

»Transfrau, Lamara, Trans-frau«, berichtigte Berdia.

»Was macht das schon für einen Unterschied, sie ist eine Mannfrau! Aber man kann sich nicht aussuchen, in wen man sich verliebt. Mein Ehemann … er lief Laura so lange hinterher, sogar nach Aserbaidschan, bis ihre Brüder ihm den Bauch aufschlitzten.«

»Sie haben Gotscha getötet, Lamara?!«, fragte Mika.

»Nein, der ist genauso wenig totzukriegen wie eine Kakerlake. Liegt zu Hause vor dem Fernseher. Ich arbeite wie ein Packesel, aber der Herr ist sich zu fein dafür!«

»Aber Likuna hat doch eine Mutter!«, warf Tina ein.

»Tina! Welche Mutter? Das führt doch zu nichts.«

»Und wenn jemand mit ihr redet?«

»Sie redet mit keinem von uns.«

»Ich fahre hin. Ist das nicht gleich hier? Gehört zumindest noch zu Tbilissi, soweit ich weiß.«

»Und was sagst du ihr? Dass ich dich geschickt habe?«

»Nein, ich sage ihr, in welchem Zustand sich ihre Tochter befindet. Vielleicht bekommt sie einen Monat frei oder Urlaub, oder was auch immer es dort gibt. Wenn Monika wieder auf den Beinen ist, kann sie wieder gehen. Meinst du, sie nehmen sie nicht mehr zurück?«, erwiderte Tina.

Wichtigtuerisch wie ein Minister vergibt die Krankenhausaufsicht nach eingehender Prüfung des Verwandtschaftsverhältnisses Besucherscheine an die dankbaren Familienangehörigen. Berdia hat schwarze Haare und blaue Augen und wird für einen Türken gehalten: »Und wen willst du sehen?«, wird er mit einer abfälligen Handbewegung gefragt.

»Tsertswadse.«

»Vorname?«

»Haben Sie viele Tsertswadses da?«, gibt Berdia zynisch zurück.

»Sind Sie Familienangehöriger?«

»Ja.«

»Besuchszeiten beginnen ab sieben.«

»Ich weiß. Ich bin die Bezugsperson.«

»Es ist nur eine Bezugsperson pro Patient erlaubt.«

»Ich bin nur einer.«

»Kommt niemand zu dem Patienten? Mutter, Schwester, Ehefrau?«

»Ich bin Mutter, Schwester und Ehefrau zugleich.«

Die Aufsicht beäugt ihn misstrauisch.

»Moment, ich frage nach.«

»Er sagt, er sei Tsertswadses Bezugsperson. Ist sonst noch jemand da? Verstanden, danke. Sie können zu ihm, aber lassen Sie bitte Ihren Ausweis da.«

Bei Berdias Anblick ist Monika so gerührt, dass sie aufschluchzt.

»Monika, hast du Hunger?«

»Mittagessen in zwei Stunden. Joghurt und Buchweizen. Wasser – ohne Kohlensäure«, zählt die Pflegerin auf. »Bringen Sie ihm bitte noch Windeln, und eine Bezugsperson muss stets anwesend sein. Er muss einmal pro Stunde gewickelt werden, und ich habe noch sieben Patienten außer ihm.«

»Asche über mein Haupt«, murmelt Monika, »ich konnte es nicht mehr halten und habe alles dreckig gemacht.«

»Haben Sie sie gewaschen?«, fragt Berdia die Pflegerin.

»So gut es ging.«

»Also haben Sie sie nicht gewaschen.«

»Ich habe ihn mit einem trockenen Lappen abgeputzt. Feuchttücher und Desinfektionsmittel müssen die Angehörigen mitbringen. Windeln auch.«

»Ich bin sofort wieder da.« Berdia rennt die vier Stockwerke runter und bald darauf wieder hoch.

»Legen Sie's hin, ich wasche ihn gleich.«

»Nein, ich mache das schon. Stellen Sie den Raumteiler hier hin. Ist es in Ordnung, wenn ich mir Gummihandschuhe nehme? Monika, ist es ok, wenn ich dich wasche?«

Monikas Augen rasen hin und her.

»Mach dir keine Sorgen, okay? Als mein Vater an Krebs erkrankt ist, habe ich ihn immer gewaschen.«

Beim Wort »Krebs« öffnen sich alle Schleusen bei Monika – vielleicht bei »Vater«, vielleicht aber auch bei »waschen«. Wer weiß schon, was in Köpfen von Transpersonen vor sich geht.

Berdia wickelt sich die Feuchttücher mehrmals um die Hand und schlägt Monikas Decke auf. Der dünne, lange Penis ist überzogen von Exkrementen wie Tschurtschchela-Konfekt von Traubensirup.

»Sie haben sich wohl geekelt und dich deshalb nicht angerührt.« Er dreht sich mit zusammengezogenen Augenbrauen nach hinten, um nach der Pflegerin zu sehen, doch ohne Erfolg.

Er nimmt Monikas Penis in die Hand wie einen Hot

Dog und wischt ihn mit seiner Rechten gründlich sauber. Erst von oben, dann von unten.

»Berdia, du hattest noch nie einen in der Hand, oder?« Monika lacht und heult zugleich.

»Merkt man das?« Auch Berdia kann seine Tränen nicht mehr zurückhalten.

»Hast du nicht gesagt, du hast deinen Vater gepflegt?«

»Der vom Vater zählt nicht.«

Er bearbeitet Gesäß, Beine und Arme mit Kampfer. Er muss alle Stellen einreiben, die mit der Decke in Berührung kommen, damit Monika sich nicht wundliegt. Sein Vater war ohne ein einziges Druckgeschwür gestorben, obwohl er acht Monate lang regungslos im Bett gelegen hatte.

»Monika, willst du jemanden anrufen?«

Monika gibt keinen Laut von sich.

»Ich sage ihnen, dass du operiert werden musstest, dann kommen sie bestimmt.«

»Sie werden nicht kommen.«

»Ich werde es so verpacken, dass sie kommen. Ich mache ihnen ein wenig Angst. Okay?«

Monika nickt zögerlich. Berdia geht zum Händewaschen ins Bad und nimmt sein Handy aus der Hosentasche.

»Guten Tag, Herr Tsertswadse. Ich bin's, Berdia.«

»Junge, was ist daran so schwer zu verstehen, dass du nicht mehr anrufen sollst? In welcher Sprache soll ich mit dir sprechen?«

»Herr Tsertswadse, ich rufe an, weil Moni… Lascha etwas zugestoßen ist.«

Er lässt den Vater nicht zu Wort kommen und betont das »zugestoßen« ganz besonders.

»Mein Sohn ist schon lange tot.«

Gega Tsertswadse betont das »tot«. Beria gibt nicht auf und klingelt ganze fünf Minuten lang Griechenland per Skype an. Niemand antwortet. Er dreht den Wasserhahn auf und merkt, dass er seine Hände wäscht wie ein Chirurg.

»Und ich habe der Armen auch noch Hoffnung gemacht. Was bist du nur für ein unverbesserlicher Idiot, Berdia!«, flucht er in den Spiegel und geht wieder ins Zimmer. Monika ist eingeschlafen. Die anderen sieben Patienten samt ihrer sieben Bezugspersonen starren auf die ausgestreckte Transfrau. Berdia greift demonstrativ nach der Trennwand und platziert sie so zwischen den Betten, dass sie weder Monikas Gesicht noch ihren Oberkörper sehen können, eine Ikone aus göttlicher Hand, die von zwei Brüsten und einem Penis geschmückt wird. Er merkt an Monikas Atmung, dass sie wach ist. Sie hat sich nur schlafend gestellt, damit sie die Zurückweisung der Eltern ohne zusätzliche Bei- und Mitleidsbekundungen vorüberziehen lassen kann. Ihr ohnehin blasses Gesicht hat eine noch blassere Farbe angenommen, ihre Wangen sind eingefallen wie die einer Mumie. Ihr schmaler Mund ist leicht geöffnet und ihr langer, dünner Hals liegt grazil auf dem Kissen.

»Wie verdammt hübsch kann man sein? Sie ist halbtot und sieht immer noch aus wie aus einer Modezeitschrift«, denkt sich Berdia.

Hinter der Trennwand stapft die Pflegerin geschäftig hin und her.

»Sind Monikas persönliche Gegenstände hier?«

»Die Polizei hat Tasche und Schuhe mitgenommen. Die Kleidung müssen wir nachschicken. Er hatte aber ein kleines Handy bei sich. Ich glaube, es ist ein Spielzeughandy, hier.«

»Danke. Ja, es ist tatsächlich ein Spielzeughandy.«

Berdia geht in den Flur hinaus und schreitet mit schnellen Schritten zu den großen, kalten Fenstern. Hinter den dreckigen Putzschlieren döst die Hauptstadt in einer so friedlichen Intimität, als würde sie ihren Kindern das Leben nicht zur Hölle machen. Außer ihm ist niemand im Flur. Er tippt eine Nummer in das Spielzeughandy ein, nimmt eine gerade Körperhaltung ein und verkündet mit einer aus der Bauchgegend heraufbeschworenen Baritonstimme:

»Guten Tag! Spreche ich mit Gega Tsertswadse?«

»Ja?«

»Guten Tag, mein Name ist Andro Kordsachia, ich melde mich aus der georgischen Botschaft in Ankara. Herr Tsertswadse, ich muss Ihnen leider eine bedauerliche Nachricht überbringen. Heute Morgen ist Ihr Sohn – Lascha Tsertswadse – in Istanbul gestorben. Er wurde von einem Auto angefahren, als er die Straße überquerte.«

Am anderen Leitungsende wird es totenstill.

»Herr Tsertswadse, sind Sie noch dran?«

»Ja.«

»Die Botschaft kümmert sich um die Überführung der Leiche. Wir schicken Ihnen ein Foto zur Identifikation des Verstorbenen und melden uns in einigen Stunden mit weiteren Details. Wir haben versucht, die Mutter in Griechenland zu kontaktieren, aber es hat niemand geantwortet. Sie sagen ihr wahrscheinlich lieber selbst Bescheid.«

Er legt auf, ohne eine Antwort abzuwarten. Anschließend schießt er ein Foto von der schlafenden Monika im Intensivbett und schickt es ihrem Vater.

20. MEDEA

Mutter Barbare hatte eine Nonne mit Verdacht auf Schilddrüsenvergrößerung zu einer Untersuchung in die Stadt begleitet. Im Krankenhausflur wurde sie von einem jungen, rundlichen Mann mit grünen Augen angesprochen. Er arbeite hier, in der Chirurgie. Ob er wieder Unsinn treibe, fragte sie. Die Frage traf Reso unerwartet, er war verwirrt. Sie hatte Reso Sarkissian Anfang des Jahrtausends wegen Drogenmissbrauchs festgenommen. Damals war er Medizinstudent gewesen – Anästhesiologe. Der Sohn eines Uhrmachers aus dem Basar von Pirimze und einer Hausfrau aus Awlabari war gewiss nicht durch Bestechung an der Medizinischen Hochschule gelandet. »Der Ärmste, wahrscheinlich ist er klug und nur vom rechten Weg abgekommen«, dachte sie damals, hielt ihm eine Standpauke, schüchterte ihn ein und ließ ihn wieder gehen.

Er brachte die Analysewerte aus dem Labor und schleuste sie ohne Wartezeit zum Endokrinologen, die Patientin müsse »operiert werden« und bräuchte »sofortige Beratung«. Er nahm ihr keinen Cent ab und deckte alle Kosten selbst. Schließlich küsste er Barbares Hand – »Ich habe es Ihnen nicht vergessen, Mutter. Hier ist meine Nummer und falls Sie jemals etwas brauchen sollten, bin ich stets an Ihrer Seite!« Mutter Barbare hatte die gesundheitliche Versorgung der Nonnen auf sich genommen. Die meisten kamen vom Land und verhedderten sich gnadenlos in den Eigenarten institutioneller Kommunikation. Sie nahm seine Nummer – Hilfe würde sie irgendwann durchaus gebrauchen können.

»Reso!«

»Guten Abend, Mutter!«

»Kennst du das Kirsaneti-Kloster?«

»Ja, Mutter, ich war mal auf einer Taufe dort.«

»Es geht um zwei Menschen. Einer hat um die neunzig Kilo, der andere fast hundert. Einer ist leicht angetrunken, der andere hat keinen Tropfen intus. Ich möchte, dass sie bis zum Morgen tief schlafen.«

»Wann haben sie zuletzt gegessen?«

»Vor fünf, sechs Stunden.«

»Das ist riskant, Mutter.«

»Ich weiß. Aber es ist mein Risiko, nicht deins.«

»Gut, Mutter.«

»Reso!«

»Ja, Mutter?«

»Lass dein Handy zu Hause, wenn du kommst.«

»Okay, Mutter.«

Reso Sarkissian stellte sein Auto in der Morgendämmerung auf dem Parkplatz vor dem Kloster ab und näherte sich dem Tor, als Mutter Barbare ihn anzischte. Sie gingen zum Gästedormitorium. Kein Raum im Kloster, außer der Schlafzelle des Archimandriten, ließ sich von innen abschließen. Zwei Männer lagen in den Betten links und rechts an der Wand, beide auf dem Rücken. Einer schlief wie ein Stein. Der andere schnarchte. Der Stein hatte eine Glatze und sein Doppelkinn reichte bis an seine Brust. Der Schnarcher war gut in Form; unschwer zu erkennen, dass er auf sich Acht gab.

»Welcher ist nüchtern?«

»Hier, der Große.«

Reso bückte sich und führte ein Stück nassen Stoff an die Nase des Hundertkilokörpers. Der Körper atmete einmal tief ein und langsam wieder aus. Reso berührte ihn leicht am Handgelenk und maß seinen Puls. Dann wandte er sich dem anderen zu.

»Mutter, der hier ist stark angetrunken. Er könnte sterben. Ich bin fast überzeugt davon, dass er es nicht durchsteht.«

Mutter Barbare hielt einen Augenblick inne.

»Gut, vielleicht ist das besser so.«

Der Anästhesiologe nahm den gelben Verschlussstopfen von der Spritze und bedeutete Mutter Barbare, den Arm anzuleuchten.

»Jetzt geh, und du bist nie hier gewesen. Wenn was sein sollte, habe ich wegen der Laborergebnisse zur Hormonanalyse angerufen. Verstanden?«

»Gut, Mutter. Was ist mit dem Hund, beißt er?«

»Nein, der knurrt nur beim Reinkommen.«

»Gut.«

»Reso!«

»Ja, Mutter?«

»Gott sei dir gnädig!«

»Ihnen auch, Mutter!«

Die hundert Kilo lagen da, wie Gott sie geschaffen hatte. Ein mittelgroßes, schneeweißes Prachtstück schmückte sie. Medea Chimschiaschwili hatte in ihrem Leben nur einen Einzigen gesehen, den ihres Mannes. Aber ab und zu gab sie sich Pornos hin und selbst sie wusste, dass ein so strahlendes Weiß eine Seltenheit war. Sie nahm ihn zwischen zwei Finger, als handelte es sich um eine tote Ratte, und klebte ihn mit zwei Streifen Klebeband auf den Unterbauch des Mannes. Sie nahm ein scharfes Messer aus ihrer Westentasche – dasselbe Messer, welches Vater Kyrill zur Schweinekastration verwendete. Sie zog die Hoden beiseite und ließ das Messer längs entlangleiten. Die Haut öffnete sich und brachte zwei weiß-rot glänzende Kugeln zum Vorschein. Sie presste mit ihren Fingern. Die Kugeln sprangen hervor wie die Clownnase eines Springteufels. Die Nonne atmete tief ein, beugte sich vor, murmelte, Gott stehe mir bei, nahm die Kugeln in den Mund und ließ ihre Zunge tasten. Sie hatte das in einer amerikanischen Serie gesehen – eine alte und schmerzlose Methode der Schafkastration in Irland. Sobald sie die zwei Sehnen fest zwischen die Zähne geklemmt hatte, richtete sie sich rapide auf. Wäre ihr Magen nicht leer gewesen, wäre ihr sein Inhalt zusammen mit dem heruntergekullerten Stolz des Geschäftsmannes hochgekommen.

Es war sinnlos, jetzt noch schlafen zu gehen. Schwester Martha war bereits aufgestanden und bereitete das Frühstück des Archimandriten zu. Vater Theophilos sollte eine Andacht abhalten und wollte es hinter sich bringen, solange die Gäste noch schliefen.

»Vater, wenn ich diese Tasse nicht geleert zurückbringe, lässt mich Martha nicht ins Kloster zurück. Sie wissen doch, wie sie ist.«

Mutter Barbare trocknete die durchsichtige Plastiktasse mit ihrer Kopfbedeckung ab und reichte sie gefüllt Vater Teophilos auf dem Fahrersitz.

»Womit vergiftet ihr mich diesmal, du und Martha?«

»Heidelbeergrütze, Vater. Entschlackt den Körper.«

»Gib her, ich trink's auf dem Weg … Mutter, hab bitte ein Auge auf alles, dass nichts aus dem Ruder läuft, ja. Ich halte die Andacht und bin bis zum Frühstück wieder da.«

»Keine Sorge, Vater! Ich lasse sie nicht aus den Augen.«

Hinter dem Wald auf der Strecke nach Tbilissi plätschert eine kieselsteinverkleidete Quelle vor sich hin. Nicht weit davon stehen zwei lange Bänke an einem üppig mit Vogelkot verzierten Tisch. Vor Durst fühlt sich Vater Theophilos' Zunge an wie Sandpapier. Er trinkt die Heidelbeergrütze aus und hält an der Quelle. Ein weiteres Auto steht in der Nähe. Ein Kind zeichnet von innen ein großohriges Tier an die beschlagenen Fensterscheiben; der Fahrer ist in sein Handy vertieft. Theophilos trinkt und füllt seine Tasse dreimal hintereinander auf. Dass der Vater des Gouverneurs gerade jetzt das Zeitliche segnen musste! Zumeist ist es so friedlich im Dorf, als sei es ausgestorben, aber wenn die Saison der Hochzeiten und Trauerfeiern anbricht, findet es kein Ende mehr. In dieser Verdammnis leben sie synchronisiert wie Delfine.

Schwester Martha wusch die gesamte Wäsche des Klosters bereits nach einmaligem Tragen und gab stets eine Kapsel mit Fleckenentferner dazu. Zumindest eines der Kleidungsstücke hatte immer einen Fleck; zudem liebte sie den Duft perfekter Sauberkeit. Die Mönche beschwerten sich, sie würden vor lauter Chemie ersticken. Der Archimandrit hatte von klein auf einen verringerten Geruchs- und Geschmackssinn und pflegte über das Gejammer der Mönche herzlich zu lachen. Wenn sie etwas an ihrem Gewaschenen und Gebügelten auszusetzen hätten, sollen sie doch ihre eigenen Hände benutzen, die sie schließlich auch hätten, warf Martha den undankbaren Mönchen hin und stürmte demonstrativ mit der Wäsche hinaus. Bin ich schon verrückt geworden, ich habe doch zwei Kapseln mitgenommen? Sie bückte sich und suchte alle verdächtigen Ecken ab. Nichts! Es ist zum Durchdrehen. Sie nahm die verbliebene Kapsel in die Hand, damit sie nicht auch noch verlorenging, und betrat die Kammer.

»Papa, der Mann da macht Seifenblasen mit dem Mund!«

»Setz dich hin und erzähl keinen Unsinn. Suka geht nur kurz aufs Klo und dann fahren wir weiter. Willst du nicht auch? Nicht, dass du dann unterwegs nochmal raus willst, verstanden?«

»Ich will nicht, ich kann nicht auf Kommando!«

»Guck mal nach, ob er kommt.«

»Er ist gerade erst gegangen und er braucht immer so lange.«

»Dann geh halt hin und ruf ihn.«

»Nein, geh du!«

»Junge, soll ich dich alleine lassen?«

»Papa, der Mann da macht wirklich Blasen mit dem Mund, ich schwöre auf Suka, guck doch!«

Papa steigt aus und nähert sich zögerlich dem auf der anderen Seite unschön geparkten Auto. Am Steuer sitzt ein schwarzgekleideter Mann; aus seinem Mund schäumt es himmelblau. Genau wie im Alter von zwei Jahren, als er beim Baden in einen Elefanten aus Seife gebissen und so eifrig gekaut hatte, dass seine Mutter vermutet hatte, der Zwieback sei ins Wasser gefallen. Als er den Elefanten aus Seife jedoch noch genüsslich abschleckte, schafften sie ihn, fast noch ins Handtuch gewickelt, direkt zum Arzt. So wurde dem zweijährigen Theophilos, der damals noch

Oto hieß, Ageusie diagnostiziert, was eine Degradation der Geschmacksrezeptoren mit sich bringt. Die Eltern schlugen die Hände über dem Kopf zusammen – ach, wieso ausgerechnet ihr Kind? Nach einigen detaillierten Ratschlägen wagte die Ärztin einen Scherz: Immerhin bräuchten sie sich keine Sorgen darüber zu machen, dass er sich jemals über das Essen beschwerte. Die Ärztin Nata war außerordentliche Optimistin. Selbst zu einem bevorstehenden Weltuntergang würde sie sagen, jedem Ende folge ein Neuanfang.

21. ELOQUENZÜBUNG

Der Tag war von Anfang an sonderbar gewesen. Vater Theophilos verschwand. Schwester Elene war wie vom Himmel – oder Erdboden – verschluckt. Sie habe nicht in ihrem Bett geschlafen, meinten die anderen. Aus Sorge, das Frühstück für Bischof und Gäste könnte sich verspäten, weckte Martha Mutter Barbare, und sie begannen frühmorgens mit dem Chatschapuri-Backen.

»Mariam, der Zucker ist aus. Hol doch welchen aus der Kammer, unterstes Regal«, beauftragte Martha Schwester Mariam. Mariam kam mit einem Päckchen Zucker wieder und fiel auf der Türschwelle in Ohnmacht. Als sie wieder zu sich kam, zeigte sie mit dem Finger zur Kammer. Schwester Elene hatte sich mit der Dose die Venen aufgeschlitzt und lag in einer Blutlache. Mutter Barbare klopfte so heftig an die Tür des Bischofs – »Euer Eminenz, kommen Sie schnell!« –, dass er sofort wusste, dass jemand gestorben war. Sie versuchten gerade, Schwester Elenes Puls zu fühlen, als ein unmenschlicher Schrei dem gesamten Kloster das Blut in den Adern gefrieren ließ. Er kam aus dem Gästezimmer. Ein mit Blut besudelter Mann torkelte barfuß aus dem Zimmer und warf sich dem Bischof zu Füßen.

»Vor dem Einschlafen ging es ihm gut, wir haben Witze gemacht. Als ich die Augen aufschlug, fand ich ihn in diesem Zustand vor«, heulte er.

Vier Krankenwagen versperrten die Zufahrt des Klosters, so dass die Polizei fast bis zur Schlucht ausweichen musste. Spezialeinsatztruppen stiegen aus Mannschaftswägen mit getönten Scheiben. Einer schrie unverständliches Zeug und zwanzig Mann stürmten in den Innenhof des Klosters. Die unter der Eiche zusammengerotteten Nonnen zupften ihre Kopfbedeckungen zurecht; in ihren Gesichtern stand eher Neugier als Angst. Nach einem halbstündigen Spezialeinsatz wurde der tote Hund aus der Weinamphore gefischt und neben dem Brunnen niedergelegt, zu Schwester Elene und Vater Theophilos. Der Krankenwagen war gerade dabei gewesen, den Archimandriten von der Quelle in die Stadt zu befördern, als ein Notruf eingegangen war, sie sollten alles stehen- und liegenlassen und einen Schwerverletzten aus dem Kloster Kirsaneti abholen.

Sardiaschwili hielt Matschutadses Kinn mit seiner Rechten fest, damit sein Blick nicht aus Versehen nach unten wanderte. Doch Matschutadse konnte den Schmerz lokalisieren und wusste, was mit ihm geschehen war. Er klagte den ganzen Weg vom Gästezimmer bis zum Krankenwagen, ungefähr zwanzigmal, der »verdammte Schäferhund« habe ihn »von Anfang an« schief angeguckt. Dabei hatte der verängstigte Batura den ganzen Morgen lang keine Pfote vor den Viehstall gesetzt. Der fassungslose Sardiaschwili konnte sich nicht mehr an die letzte Nacht erinnern. Als er am Morgen seine Augen geöffnet hatte, hatte Matschutadse noch tief und fest geschlafen. Der Anblick des blutigen Leintuchs hatte Sardiaschwili dermaßen verwirrt, dass er sich wieder ins Kissen vergraben hatte und eingeschlafen war – er hatte gedacht, er hätte nur geträumt. Der Bischof brachte eiligst eine

Decke für den kastrierten Mäzen und umwickelte ihm Beine und Hüfte. Der Arzt, Dr. Morielaschwili, schlug dem Bischof barsch auf die Hände – die Wunde könne sich infizieren. Er warf die Decke in eine Ecke und legte ihm einen dreieckigen, strahlend weißen Verband an. Der Geschäftsmann auf der Trage sah aus wie frisch nach der Kreuzabnahme. Aus Angst, sie könnten einen nackten Mann zu Gesicht bekommen, scheuchte der Bischof die Nonnen weg. Doch über Kirsaneti war eine solche Apokalypse hereingebrochen, dass sogar ein solcher Regelverstoß möglich erschien. Deshalb entschlüpften die Nonnen dem kugelblitzartig rasenden Bischof und inspizierten den vor Kälte blauen Körper des Geschäftsmannes mikroskopisch genau.

Der Bischof versuchte, sich zu rechtfertigen – es habe keine Anzeichen für so etwas gegeben. Schwester Elene sei eine gewöhnliche Nonne gewesen, ein wenig eigen, aber wer hätte sich schon ausmalen können, dass sie so ein Blutbad anrichten und anschließend Selbstmord begehen würde? Nach Rücksprache mit Regierungsvertretern einigten sie sich darauf, den Fall unter Verschluss zu halten. Eine Nonne habe einem Kandidaten der Partei »Wahrhaftige Wahl« die Eier abgeschnitten und den Archimandriten des Klosters mit Fleckenentferner vergiftet – keine Nachricht, die man dem georgischen Volk in der Vorwahlzeit unbedingt vorsetzen möchte. An dem Tag stand jeder, außer Mutter Barbare, ein wenig neben sich. Als die Verstorbenen weggebracht und die Verletzten ins Krankenhaus verlagert worden waren, hätte eigentlich die Ermittlung beginnen sollen. Doch die Staatsanwaltschaft hatte vom obersten Patriarchat die Anweisung bekommen, auf den Segen für die Ermittlung zu warten, und so wurde das Kloster eine Woche lang von niemandem belästigt. Mutter Barbare nutzte die Zeit und verfiel in so tiefes Gebet, dass den anderen Nonnen der Verdacht kam, sie sei irregeworden. Sie täuschten sich. Mutter Barbare erkannte endlich, wie sich eine freudvolle Seele anfühlte. Sie war in Leichtigkeit gebettet und wiegte sich betend in ihr.

22. METAPHYSISCHE KRIMINOLOGIE

Wer kann Kriminologen schon durchschauen? Die Vorlesung war noch nicht offiziell bekanntgegeben, da wussten die Studenten der Kriminologie dank eigener Quellen längst Bescheid und hatten sich als Erste eingeschrieben. Sie verloren kein Wort darüber, wie sie es herausgefunden hatten, doch es wurden immer mehr, und im Hörsaal flossen begeistertes Schreien und enttäuschtes Lachen ineinander. »Selbstverständlich werden sie teilnehmen, dort lässt man sie herumspielen«, sagten die Dozenten zueinander sowie zum Dekan der Fakultät. »Was soll denn an Vernehmungstheorie so spannend sein?«, fragte sich Muriko Pchaladse, während er den Lehrplan für die Juristen im dritten Studienjahr zusammenstellte. »Um diese Märchen kümmern wir uns ein paar Tage vor der Prüfung, die schönen Herbsttage opfern wir dafür nicht«, dachten sich die Jura-Studenten und würdigten den Lehrplan Muriko Pchaladses keines Blickes. Eine Fortbildung zu alternativen, interaktiven Lehrmethoden hatte Muriko nicht absolviert. Da er, eigener Aussage nach, »noch nicht an der Reihe war für einen fünftägigen Spieleabend«.

»Rollige Märzkatzen! Als ob die was lernen wollten.«

»Muriko, weißt du, wie motiviert manche von ihnen sind? Sie verschlingen den Stoff regelrecht.«

»Manche? Zwei oder drei?«

»Fünf, sechs … in einer Vorlesung von dreißig ist das schon was, oder nicht?«

»Was weiß ich, bei mir findest du keine fünf.«

»Über Vernehmungstechniken? Was sagst du da, Muriko, am liebsten würde ich dir auch zuhören!«

»Ich erzähle darüber, wie Vernehmungen wirklich ablaufen … keine Menschenseele hört zu.«

»Weißt du, was sie uns in Gudauri gesagt haben? Zur Motivationssteigerung sollten wir Vorlesungen methodologisch variieren.«

»Hm. Und haben sie auch gesagt, wie?«

»Hör doch mal zu. Anstatt eine halbe Stunde lang über den Tatort zu referieren, gibst du ihnen eine Aufgabe: Du beschreibst den Tatort nur kurz und die Studenten müssen herausfinden, was fehlt. Was ist nicht so, wie es sein sollte? Das heißt, du setzt ihnen nicht das ganze Wissen vor wie einen fertigen Fleischspieß, sondern du führst sie zum richtigen Schluss. Mit Fragen, Diskussionen, Fehlern – kurz gesagt: durch Denkprozesse. Verstehst du?«

»Ja, selbstverständlich verstehe ich«, grummelte Muriko Pchaladse, sah sich jedoch in der Einschätzung bestätigt, dass die Amerikaner Luka Bartaia und noch fünfzehn weitere Personen tatsächlich nur zum Zeitvertreib nach Gudauri kutschiert haben.

Die Studenten fanden sich langsam ein. Wie immer war die erste Sitzreihe frei. Manche hatten sogar Stift und Papier zur Hand – rein symbolisch; niemand würde auf die Idee kommen, sein einschläferndes Gebrabbel tatsächlich mitzuschreiben. Chimschiaschwili und Katsitadse saßen nebeneinander in der zweiten Reihe. Die Sonne schien Chimschiaschwili quer über die rechte obere Bauchhälfte und Katsitadse über das halbe Gesicht. Sie teilten sich ein zerfleddertes, braunkariertes Heft.

Pchaladse stand ein bevorstehender Triumph ins Gesicht geschrieben.

»Heute haben wir eine etwas andere Vorlesung«, verkündete er mit ungewöhnlichem Enthusiasmus.

Die Studenten hielten erwartungsvoll inne.

»Nehmt Stift und Papier und notiert euch die Aufgabe.«

Chimschiaschwili hatte beides vor sich. Katsitadse hatte gerade Streit mit ihrem Freund und ihr Blick sagte Chimschiaschwili, dass sie heute nicht auf sie zählen soll.

»Heute ist jeder von Ihnen ein Ermittler, der ein Verhör durchzuführen hat. Der Verdächtige ist eine Person eurer Wahl.«

Um seiner Pause dramatischen Nachdruck zu verleihen, versuchte Pchaladse, seinen Hals noch weiter aufzuplustern, scheiterte jedoch am obersten Hemdknopf.

»Von den aufgezählten Verdächtigen, Herr Pchaladse?«

»Nein, Bitschiaschwili, eben nicht!«

Noch eine dramatische Pause, und das von Pchaladses Ehefrau nach allen Regeln der Kunst gebügelte Hemd hätte sich zur Gänze von seinem obersten Knopf verabschiedet.

»Jeder von euch wählt eine Person, die ihr vernehmen wollt, egal ob real oder fiktiv, und schreibt ein Vernehmungsprotokoll.«

»Herr Pchaladse, und die Straftat? Ist die bekannt?«

»Nein, nein und nochmals nein, ihr selbst konzipiert die Straftat. Auch in der Hinsicht herrscht keine Einschränkung.«

»Herr Professor! Kann ich Beria verhören?« Bitschiaschwili war von der Aufgabe sichtlich fasziniert.

»Ja, Bitschiaschwili! Ich habe keinen Einwand!«

Die Motivation der Studierenden hätte sogar Tote geweckt. Eine Schande, hier nicht dabei zu sein. Stifte gingen um, Papiere wurden aus Heften herausgerissen und verteilt, Körperhaltungen wurden optimiert, Blicke verloren sich in Gedanken – unmissverständliche Zeichen tiefster Konzentration. Pchaladse tapste auf Zehenspitzen zum Pult und setzte sich geräuschlos hin. Seine Ehefrau hatte ihm beigebracht, geräuschlos zu gehen, so, als sei er zu Gast in einem fremden Land – in der ersten Woche, als ihr erstes Kind zur Welt kam. Die Vorlesung endete – und begann, endete – begann und endete. Niemand ging hinaus, weder auf die Toilette, noch zum Rauchen. Unglaublich, aber kein einziger Student musste seine Großmutter zum Arzt bringen, seine Nichte abholen oder die Großtante auf dem Land beerdigen. An jenem Tag war die Zusammenarbeit zwischen dem Dozenten der juristischen Fakultät der Staatlichen Universität Tbilissi und dem amerikanischen Hochschulbildungssystem von Erfolg gekrönt – einem für den Dozenten unerwarteten, für das System stabilen Erfolg.

Vernehmungsdatum und -ort: 18. Oktober 2011. 11:40 Uhr.
Vernehmungsleiterin: Chefermittlerin der Abteilung für Schwerverbrechen, Medea Chimschiaschwili
Verdächtiger: Der Heilige Geist, auch: Gott

Nach diesem Absatz stand Pchaladse bereits der kalte Schweiß auf der Stirn. Nein, er war nicht unbedingt gläubig – seinerzeit war er, auf Anraten seines Schwiegervaters, sogar der Kommunistischen Partei beigetreten, da es seine »wissenschaftliche Karriere befördern« würde und ein »Tor zu wissenschaftlichen Konferenzen im Ausland« sei. Damals glaubten nur Babuschkas, die nicht lesen und schreiben konnten, und die Crème de la Crème der roten Intelligenzija an Gott. Pchaladse war, seinem innigen Wunsche zum Trotz, kein Vertreter der Crème de la Crème der roten Intelligenzija, doch streifte er diese vortreffliche Formation sowjetischer Elite zumindest mit seiner Schulter – er war mit ihr verschwägert. Seine Ehefrau Leila zeichnete sich zwar genauso wenig durch vor Gläubigkeit aufgescheuerte Knie aus, doch wenn jemand in ihrer Anwesenheit die Existenz Gottes in Frage stellte, suchte sie ihr Kind am anderen Ende der Zweihundert-Quadratmeter-Wohnung, drückte es an ihre Brust und küsste seine Stirn mit einem von Inbrunst durchdrungenen Pathos. »Verärgere Gott nicht«, hallte es in den Ohren Muriko Pchaladses wider, als seine Studentin Medea Chimschiaschwili Jesus Christus ins Verhör nahm.

»Wie soll ich dich anreden?«

»Wie es dir lieber ist.«

»Ok, dann gar keine Anrede. Ich bin Medea.«

»Ich weiß. Der Name deiner Urgroßmutter.«

»Ja, selbstverständlich weißt du das«, murmelt Medea müde. »Uns ist zu Ohren gekommen, dass du Falschinformationen verbreitest.«

»Zum Beispiel?«

»Zum Beispiel lehrst du Menschen, sie sollten auf Gewalt nicht mit Gewalt antworten.«

»Ja, das stimmt. Das lehre ich.«

»Wieso?«

»Weil es sinnlos ist, Vergeltung zu üben. Hass fasst Fuß, und Liebe schwindet. Letzten Endes schadet man anderen

sowie sich selbst. Der Wunsch nach Vergeltung beschwert uns; er verdirbt die Seele. Er tötet die Freude und Leichtigkeit im Menschen, mit einem Wort – die Göttlichkeit.«

»Was passiert, wenn man keine Vergeltung übt?«

»Dann ist deine Seele der Vergebung zugeneigt. Sie sehnt sich danach, dem Handeln des Übeltäters auf den Grund zu gehen, sich seiner zu erbarmen. Da auch er ein Mensch ist. Nächstenliebe macht uns besser, nähert uns dem Himmelreich, macht die Seele empfänglich und edel.«

»Und was geht in der Seele des Übeltäters vor?«

»Für die Seele des Übeltäters müssen wir beten, damit er das Geschenk der Liebe finden kann.«

»Du sagst auch, dass du alle Menschen gleich liebst?«

»Ja, niemand hat Vorrang.«

»Dann erzähle ich dir jetzt von dem Fall, der dir persönlich sowie deinen Lehren zur Last gelegt wird. Erinnerst du dich an Tato Tarassian? Als ihr Mann ihr das erste Mal ins Gesicht schlug, waren sie frisch verheiratet, sie war erst neunzehn. Er hatte den Eindruck, sie hätte seine Eltern und Verwandten nicht angemessen begrüßt. Als habe sie sich nicht gefreut, sie zu sehen. Vom Schlag war ihr Zahnfleisch so angeschwollen, dass sie eine Woche lang nur Haferbrei zu sich nehmen konnte. Danach mussten ihr zwei Zähne gezogen werden. Sie wackelten und würden sich sowieso nicht mehr festigen, erklärten sie ihr in der Zahnarztpraxis mit Bedauern. Tato rief in der Nacht heulend und um Hilfe flehend ihre Brüder an und erzählte ihnen, dass Benno sie geschlagen hatte. Am nächsten Morgen stand die gesamte Verwandtschaft vor der Tür. Tatos Kiefer war so geschwollen, dass sie kaum sprechen konnte und in ihrer Aufregung wie ein Kamel um sich spuckte. So erzählte sie spuckend Brüdern und

Onkel davon, wie sie wegen ihres mangelnden Lächelns eine gescheuert bekommen hatte. Benno stand stillschweigend da und wirkte betrübt. Beim Anblick der malträtierten Schwester brannte Aleko – dem älteren und hitzigeren Bruder – die Sicherung durch, und seine erbarmungslose Faust traf Benno ins Gesicht. Der jüngere Bruder und der Onkel gingen dazwischen. An dem Tag wurde der Konflikt ganz nach deinem Geschmack gelöst: Benno wurde zurechtgewiesen, Frauen schlage man nicht, weil sie ›schwach‹ seien und man sie ›verletzen‹ könnte. Auch Tato wurde angewiesen – wenn ein Mensch schwierigen Gemüts sei, solle man ihm lieber aus dem Weg gehen und ein paar grobe Worte verzeihen, ohne ihm direkt an die Gurgel zu gehen – ein wenig mehr weibliche Zärtlichkeit und Diplomatie, bitte! Kommt dir die Haltung bekannt vor?«

Jesus schweigt.

»Als sie deine Auferstehung feierten, hatte Benno so viele Gäste eingeladen, dass zusätzliche Stühle von den Nachbarn geholt werden mussten. Tato schwirrte umher wie ein Kreisel. Ihre Lektion über die Allmacht des Lächelns hatte sie längst gelernt; ebenso wie Duldsamkeit, Versöhnlichkeit und die von dir gepredigte Lehre der Vergebung. Deshalb las sie Benno und seinen Gästen jeden Wunsch von den Augen ab und bediente sie mit unermüdlicher Nachsicht von drei Uhr Mittag bis ein Uhr Nacht. Selbstverständlich, ohne sich selbst an den Tisch zu setzen.«

Jesus schweigt.

»Die Gäste gingen. Benno war besoffen und hatte weder seine Worte noch seine Hände unter Kontrolle. ›Du hast Wasiko zweimal auf sein Schmuckstück gegafft, ist

dir meins nicht genug, du Schlampe?‹ Und so traf Tato die zweite Faust seit Verlust ihrer Jungfräulichkeit, diesmal auf ihren linken Wangenknochen. Die kleine, rundliche junge Frau fiel zum Dank auf den Zeitschriftentisch und beförderte die dicke Kunststoffscheibe mit ihrem Kopf auf den Balkon. Die Polizei besuchte sie im Krankenhaus, warf alle Besucher aus dem Zimmer und befragte sie. Zwar konnte Tato nicht sehen, mit wem sie sich unterhielt, da ihre Augen zugeschwollen waren wie die eines armenischen Heiligen, doch zumindest spuckte sie diesmal niemanden an. Ihre Zähne waren heil geblieben. Sie beschrieb die Heldentat ihres Mannes bis ins kleinste Detail. Die Zeit war gekommen, Benno genau das anzutun, was dir, Jesus Christus, so zuwider ist: Vergeltung. Ihn einzusperren mit Tyrannen seinesgleichen. Doch auch in Tatos Familie fanden sich Menschen, die von Liebe zu dir entflammt waren. Die Brüder meinten: ›Wieso richtest du ihn wegen einer Ohrfeige zugrunde, lass uns das klären, wir machen das schon.‹ Die Frauen taten ihr Übriges, die Mutter weinte bitterlich. ›Du weißt doch, dass er leicht reizbar ist. Er verliert den Verstand, wenn er betrunken ist, ansonsten ist er die Güte in Person. Du weißt doch, was er braucht, ist Hilfe, kein Gefängnis.‹ Sie haben das Mädchen dazu gebracht, ihre eigene Aussage zurückzuziehen, und so wurde der gebrochene Wangenknochen dem wackeligen Tischbein angelastet.«

Jesus schweigt.

»Als Großeltern und Eltern das aus drei Wohnungen und zwei Ferienhäusern bestehende Erbe unter den Brüdern aufteilten, sagte Tato kein Wort. ›Sie wird heiraten und ihr eigenes Haus haben, sie kann das ja nicht den Jungen wegnehmen‹, hatte die Familie gemeint. Die tugend-

hafte Tato, gütig und bescheiden. Das, was du herzensfromm nennen würdest. Als sie nach dem Krankenhausaufenthalt anklingen ließ, sich scheiden lassen zu wollen, beschwichtigte ihre Mutter sie liebevoll: ›Bleib eine Weile bei mir, mein Kind, aber triff keine voreilige Entscheidung. Eine Familie sollte man nicht so leichtsinnig zerstören.‹ Zusammen mit ihrem blauen Auge verblasste auch die elterliche Liebe. Im dem riesigen Haus war zwar Platz für alle, aber die Rückkehr der Schwägerin gefiel der Frau des Bruders nicht, die sexuelle Abstinenz der Ehefrau im Zuge des Fastens wiederum dem Bruder nicht, das ziel- und zügellose Gefluche des Sohnes dem Vater nicht. Und die Disharmonie, die sich in die Familie eingeschlichen hatte, gefiel zu guter Letzt der Mutter nicht. Tatos scharfer Verstand erkannte die in ihr Elternhaus zurückgekehrten georgischen Frauen nur allzu bekannte, nonverbale Triade: Gesten, Blicke und Schweigen, die dezent auf ihre Überflüssigkeit hinwiesen.«

Jesus schweigt.

»Mariä Empfängnis haben sie nicht gefeiert. Das erste Jahr der Ehe war bereits um und Bennos Familie, die Nachbarn, ihre eigenen Eltern und sogar entfernte Verwandte richteten ihre Bedenken über Tatos mögliche Unfruchtbarkeit direkt an Benno. ›Was weiß ich schon, es ist so, wie Gott will‹, druckste er beschämt. Weißt du, das ist etwas, was ich dich auch fragen wollte: War es dein Wille, dass Benno kaum einen hochbekam? In jener Nacht schrubbte sich der gründlich besoffene Benno nach einem weiteren erotischen Fiasko erst ordentlich einen auf der Toilette ab, kehrte dann ins Schlafzimmer zurück, packte sie an Nacken und Unterhose, zerrte sie auf den Balkon und warf sie aus dem dritten Stock. Ob der Ärmsten aus

Schock das Herz stehenblieb oder sie am Aufprall starb, ist unbekannt. Die Kriminologen kamen zu dem Schluss, sie sei an einem Infarkt gestorben. Benno schlich sich aus dem Haus und versteckte sich im Keller eines Nachbarn. Der Pilot, der gerade vom Flughafen angekommen war, stolperte im dunklen Hof und fiel hin. Als er sich wieder aufrichtete und den Grund seines Stolperns sah, verschlug es ihm die Sprache. Er ließ alles stehen und liegen und rannte dem erstbesten Nachbarn im Erdgeschoss beinahe die Tür ein. Tato lebte noch. Das Gehirn, das georgische Männer Frauen so einstimmig aberkennen, plätscherte Tato Tarassian wie ein Bächlein aus dem linken Ohr. Die Rettungssanitäter stopften Watte in ihr Ohr, damit der Krankenwagen nicht mit dem dickflüssigen Blutgemisch der bereits erblassten Patientin verunreinigt wurde. Als sie in die Notaufnahme kam, hingen ihre gebrochenen Arme wie weggeworfene Puppenglieder an ihr herunter. Sie starb im Foyer des ›Aramjanski‹.«

Jesus schweigt.

»Jetzt aber stelle ich dir die wichtigste Frage: Wenn jemand Benno nach seinem ersten Ausfall links und rechts eine gescheuert hätte, würde dann, deiner göttlichen Meinung nach, Tato noch leben?«

Chimschiaschwili weiß, dass dem höchsten Geist selektive Taubheit eigen ist. Deshalb beugt sie sich ein wenig nach vorne und setzt das Verhör flüsternd fort:

»Weißt du, wie oft ich darüber nachgedacht habe, wieso die Idee der Vergebung so sehr verbreitet wird? Schließlich habe ich den Grund gefunden: Deine Lehren sind eine Enzyklopädie der Unterdrückung für Unterdrücker und ein Lehrbuch der Gefügsamkeit für Unterdrückte.«

»Dieses Mädchen hat vollkommen den Verstand verloren«, dachte Muriko Pchaladse und stand nun vor einem Dilemma. Sollte er diese ungezügelte Abhandlung dem Dekan vorlegen oder der Autorin mit dem Vorwand zurückgeben, er habe sie nicht gelesen? Verdammt seien das amerikanische Bildungssystem und jener Tag, an dem er im Universitätsfoyer einen Kriminologen getroffen hatte.

23. LUCIA IN DER PEKINGSTRASSE

»Guten Tag. Könnten Sie bitte Mutter Barbare rufen?«

»Erwartet sie Sie?«

»Nein.«

»Ohne vorherige Anmeldung können Sie sie leider nicht besuchen.«

»Ich weiß. Richten Sie ihr bitte aus, dass es sich um eine dringende Angelegenheit handelt. Es betrifft ihre Tochter.«

»Mutter Barbare hat eine Tochter?«

»Ich warte hier.«

Sogar mit Kopfbedeckung erkennt Tina sie schon von weitem. Ihre hübschen Lippen und ihre hohe Stirn fallen ihr sofort ins Auge. Dann ihr scheinbar wimpern- und brauenloses, ikonengleich symmetrisches Gesicht und ihre grazilen Finger. Sie ist sowieso sehr hochgewachsen, und das Nonnengewand streckte sie fast aus dem Bild.

»Medea?«

»Im weltlichen Leben hast du mich nicht angeguckt, hast du dich in mich als Nonne verliebt?«

»Ich hatte keine Ahnung … und Mikas Frau?«

»Sag dem Dreckskerl, dass er mich nicht mit dem Kind manipulieren soll. Ich habe ihm meine Meinung vor fünf Jahren gesagt und seitdem hat sich nichts geändert. Hat sich deine sexuelle Orientierung gewandelt, dass du dich für meinen Ex interessierst? Woher kennst du ihn überhaupt?«

»Vom Yoga.«

»Schon gut, was will er?«

»Likuna hatte gestern seit langem wieder einen Anfall. Ihre Pflegerin Monika wurde verletzt, und jetzt schmeißt sie sich gegen alle Wände. Wir machen uns Sorgen, dass sie sich selbst verletzt.«

»Die Transfrau Monika ist die Pflegerin meiner Tochter?«

»Woher kennst du Monika?«

»Tina, was wollt ihr von mir?«

»Monika wird einen Monat lang nicht laufen können und Likuna kann nicht so lange Zeit unter Sedativa stehen. Sie kann dann nur halbtot vor sich hin seufzen. Komm zurück, bitte. Lamara wird dort sein. Ich komme jeden Tag vorbei. Was ist schon ein Monat? Ich rede mit dem Archimandriten, wenn du willst. Der Vater meiner Exfreundin ist dicke mit eurem Bischof. Ich kann ihn darum bitten.«

»Was wäre ich nur ohne Beziehungen!«

»Er meinte, er verlässt das Haus, wenn du willst.«

»Sag ihm, das ist eine vortreffliche Idee. Warte auf mich!«

Jeder Winkel des Klosterinnenhofs wird von natürlich-künstlichem Rasen bedeckt. In der Mitte rennt ein schwarz-weiß geflecktes, drei Monate altes Lamm herum, das nur darauf wartet, am Spieß gebraten zu werden. Das Tor ist erst vor kurzem erneuert worden. Das alte war mindestens hundert Jahre alt und sie ersetzten es durch eine neue Holzkonstruktion, bevor es noch jemandem auf den Kopf fiel. Einem Geschäftsmann aus Tbilissi, der als Feiertagsgast im Kloster war, brach beim Anblick des neuen Tors das Herz, und es dauerte keinen Monat, bis er ihnen ein reichornamentiertes, schwarzes Eisentor schenkte. Im Gegensatz zu anderen Klöstern ist Kirsaneti recht schlicht und bescheiden. Keine fünf Minuten später kommt Medea heraus und steigt in Tinas Auto.

»Ist Lucia immer noch in der Pekingstraße?«

»Die Friseurin?«

»Likuna bekommt Angst, wenn sie mich so sieht.«

»Ich glaube ja, ich rufe mal an.«

»Leihst du mir was zum Anziehen?«

»Lass uns nach dem Friseur bei mir vorbeifahren. Was soll ich ihr sagen, schneiden oder färben?«

»Die kannst du auch in einen Kartoffelsack stecken, einmal Schönheit, immer Schönheit«, sagt Lucia. Sie schneidet und färbt Chimschiaschwilis Haare so grandios, dass sich Tina auf der Rückenlehne des Sofas abstützen muss, um ihr Gleichgewicht zu halten. Im Sessel sitzt eine wunderschöne, blonde Frau. Die jahrelang unter dem Nonnengewand versteckte Haut glänzt wie Kerzenwachs. Medea betrachtet sich selbst mit zurückhaltendem Erstaunen, als sich ihre Blicke im Spiegel treffen. Habe ich nicht den gleichen hoffnungslosen Blick wie damals in der Umkleide, den Blick eines geprügelten Hundes, fragt sich Tina. Wieso muss ich mich immer dort festfahren, wo vor mir nur Wasser ist, hinter mir aber ein Erdrutsch? Wie oft bin ich dem Tod entronnen und hatte doch nie den Mut gehabt, es Medea zu sagen?

»Medea, als du damals gesagt hast, du würdest nach mir suchen wie nach dem Grab deiner Liebsten – hast du mich wirklich überall gesucht?«

»Ungefähr.«

»Wie das?«

»Ich hab dich in der Datenbank der Polizei markiert und immer Benachrichtigungen über deinen Aufenthaltsort bekommen.«

»Das ist nicht dein Ernst! Du bist eine Heuchlerin. Gut, dass du geheiratet hast.«

Und da blickt ihr wieder das Mädchen in die Augen, das einem Zuschauer, der eine Spielerin der Gegenmannschaft beleidigt hatte, das Gesicht mit dem Ball verschönert hatte.

24. PERSONALPRONOMEN

Personalpronomen
von Tina Sumbadse

Nach langem Flehen und Betteln sind wir, zwei Journalistinnen, schließlich an die türkisch-syrische Grenze gelangt. Wir mussten ein zweitägiges Orientierungsseminar über uns ergehen lassen, bis sie uns zur Evaluation der Krisensituation einer inoffiziellen Reisegruppe anschlossen.

Als Nasim zu uns rollte, schleppte seine Karre ihre vier knarzenden Reifen förmlich hinter sich her. Nach jedem Meter brauchte er zehn Sekunden, um den linken Reifen geradezustellen, stieß ihn ein-, zweimal an und dann krabbelte er, stetig wie eine Schnecke, von einem Ende der Siedlung zum anderen. Die Männer im Dorf waren es leid gewesen, ihn ständig herumtragen zu müssen, und hatten deshalb von einer verrosteten Schubkarre vier Räder mit einem Durchmesser von zehn Zentimetern abgeschraubt und auf zwei Holzbretter montiert, die breit genug waren, um Nasims Hintern zu tragen. Schon am ersten Tag waren Nasims Handflächen vollkommen aufgescheuert gewesen. Doch da er vier Monate ausschließlich in seinen vier Wänden verbracht hatte, war er dermaßen euphorisch angesichts der Möglichkeit einer Fünfzig-Meter-Reise, dass er keinen einzigen Blick auf seine Hände warf. Zuerst erschrak er, dann musste er lächeln. Die blutigen Handflächen hatten etwas Majestätisches.

Ich treffe den Ärmsten schon zum vierten Mal. Üblicherweise kann man Nasim nicht sehen, aber hören. Sein Rollator knarrte jedes Mal lauter, alle vier Räder waren lose. Die Schwester des Journalisten aus Amman ist Ärztin, ich bat sie um eine Wundsalbe für seine Hände. Sie gab mir Antiseptikum, Verbandszeug und genaue Anweisungen, wie ich ihn behandeln musste. Ich bat Herine, die armenische Rote-Kreuz-Mitarbeiterin, Nasim beizubringen, was er tun soll. Herine arbeitete schon seit Jahren in frontnahen Dörfern. »Lieber nicht. Sie könnten ihn deswegen umbringen.« »Kannst du wenigstens seine Wunden behandeln? Oder ich bringe ihm nächstes Mal robuste Lederhandschuhe mit.« »Sie könnten ihn deswegen umbringen.« Während der Dolmetscher mit den Männern des Dorfs eine Liste essenzieller Notgegenstände aufschreibt, bearbeitet Herine Nasims Hände. Ich komme dazu und prüfe die Räder. Eines ist kurz davor, abzufallen. Ich messe das Rad mit meiner Handspanne und muss sinnlos grinsen. In welcher Sprache kann ich Nasim verständlich machen, dass ich jede einzelne Nacht in den letzten zwei Monaten das Knarzen seiner Räder gehört habe, selbst im geleckt sauberen Zimmer des Sheraton? Herine warnt mich, es würde mir das Herz brechen, wenn ich jemandem meine Zuneigung schenkte. Es könnte sein, dass er nächstes Mal nicht mehr lebe. Die Menschen im Krisenmonitoring sind eigen. Wenn ich meine Zuneigung für Menschen kontrollieren könnte, wäre mein Leben kein Herbarium gescheiterter Beziehungen. Ich kann nichts dagegen unternehmen, ich verliebe mich in Nasim. Wieder ist es die Schwester meines Kumpels, die mir hilft.

Sie nimmt ihren Kinderwagen auseinander – ihre Kinder seien groß genug und bräuchten ihn nicht mehr. Ich würde am liebsten den ganzen Wagen mitnehmen – er ist praktisch eine fertige Laufhilfe, man muss sich nur hineinsetzen. Herine geht auf die Barrikaden: »Salatgrün, mitten im Kriegsgebiet? Bist du wahnsinnig geworden? Damit schafft er keine zehn Meter, ohne abgeschossen zu werden.« Wir streichen den Wagen schlammfarben und zerkratzen ihn gründlich, damit er keine Aufmerksamkeit auf sich zieht. Beim fünften Besuch tausche ich mit einer rumänischen Journalistin und fahre erneut in Nasims Siedlung. Ich habe den umfunktionierten Kinderwagen dabei. Meine Augen suchen nach ihm. Ich bitte Herine, nach ihm zu fragen. Wie sich herausstellt, ist »oh je« im Georgischen und Armenischen ein und dasselbe Wort. Sie haben ihn mit durchgeschnittener Kehle in einer Schlucht gefunden. »Normalerweise beweinen sie jeden Toten endlos lang und schleppen uns förmlich zum Grab«, meint Herine. Aber über Nasims Tod herrscht verdächtiges Schweigen. So verhielten sie sich sonst nur, wenn sie eine Frau vergewaltigt und danach getötet hatten. Die Kinder spielen mit den alten, losen Rädern. Ich solle ihnen den Wagen dalassen, vielleicht könnten sie damit auch was anfangen, rieten mir die anderen. Noch nie in meinem Leben habe ich etwas so innig umklammert. Ich drücke den Ex-Kinderwagen ans Herz und lasse ihn bis Amman nicht los.

Herine ist Buddhistin mit Leib und Seele und kann, wie jeder tiefgläubige Mensch, Verzweiflung auf Kilometer erspüren. Sie umarmt mich mitsamt meinem Kinderwagen und tröstet mich ohne Unterlass.

»Du wirst Nasim in einer neuen Lebensform wieder-

treffen, Tina. Vielleicht landet seine Inkarnation auch in Georgien und du erkennst ihn mit deinem Dritten Auge eines wunderschönen Tages in einem Mädchen wieder, das gerade auf dem Weg zur Schule ist. Oder er kommt ganz woanders, weit weg von uns, als neue Existenz nach Australien.«

»Als Känguru, Herine?« Ich spüre die Wut in mir hochkommen.

»Oh, das brauchst du nicht zu befürchten. Tiere sind eine niedere Daseinsform. Nasim aber hat durch sein Leiden seine irdische Schuld beglichen und ist der Erleuchtung einen Schritt nähergekommen. Deshalb wird er als Mensch wiederkehren. Als freier, glücklicher Mensch, der kein Leid kennt.«

Glaubt sie wirklich an diese Märchen?

»Herine, ich muss dich was fragen. Aber du musst ehrlich sein, okay?«

»Promise!«

»Glaubst du, dass Nasim im vorigen Leben ein Raubtier war oder ein Serienmörder?«

Hermine flößt mir den restlichen Whisky aus dem silbernen Flachmann gewaltsam ein.

Männer leben in der ersten Person Plural und sterben in der dritten Person Singular. Frauen werden in der dritten Person Plural vergewaltigt, sterben aber stets in der ersten Person Singular.

25. VERNEHMUNGSTHEORIE UND PRAXIS

In Medea Chimschiaschwilis Vorlesung könnte man eine Stecknadel fallen hören. Zu Kursbeginn entführt sie einen in die Höhen und Tiefen und Windungen eines Verhörs und erst wenn man wieder Boden unter den Füßen hat, merkt man, dass zwei Stunden vergangen sind. Sie ist Praktikerin und wenn man sie lässt, kann man so viel von ihr lernen, dass man bis ans Lebensende versorgt ist.

»Und zuletzt: Wie sehr ihr euch auch wundert, die Wahrheit klingt oftmals seltsamer als die Lüge. Aus diesem Grund solltet ihr eure Skepsis ab und zu beiseitelegen und die Aussagen, die euch außerordentlich abstrus erscheinen, genauestens überprüfen. Ein Beispiel – Robakidse! Sage ich die Wahrheit oder nicht?«

Der introvertierte Robakidse rutscht schüchtern hin und her und ist ganz Ohr.

»Nachdem meine Tochter von einem Auto angefahren wurde und schwerbehindert war, legte ich mein Nonnengelübde ab. Nach fünf Jahren im Kloster vergiftete ich den Archimandriten, kastrierte einen Geschäftsmann, der zu Gast war, setzte meinen geliebten Hund in einer Amphore bei und wendete mich erst dann wieder dem weltlichen Leben zu, als sich mein Ehemann, der seinerzeit ein Mädchen vergewaltigt hatte, im Yogakurs durch Luftanhalten das Leben nahm. Sechs Monate, nachdem ich mein Nonnengewand abgelegt hatte, adoptierte ich die Pflegerin meiner Tochter, eine Transfrau, baute auf meiner Datscha ein Gewächshaus für Bio-Gemüse und verliebte mich wahnsinnig in eine Journalistin.«

Die Studenten liegen auf dem Boden vor Lachen. Robakidse hört die Worte seines Cousins wieder: »Du musst unbedingt in Chimschiaschwilis Vorlesung gehen. Sie verschenkt zwar keine Noten, aber du wirst dich niemals langweilen.«

PERSONEN

Aubergine, Chihuahua von → *Isolde*

Mutter Barbare, Nonne im Kirsaneti-Kloster, eigentlich → *Medea Chimschiaschwili*

Niko Botswadse, Psychotherapeut von → *Irakli (Mika) Tschimagadse*

Der Bischof

Medea Chimschiaschwili, Ermittlerin, Leiterin der Abteilung für Schwerverbrechen, Mutter von → *Likuna*, Ex-Frau von → *Irakli (Mika) Tschimagadse*, Schulfreundin von → *Tina Sumbadse*

Schwester Elene, Nonne im Kirsaneti-Kloster, Geliebte von → *Martha*

Isolde, mehrsprachige Übersetzerin, Cousine der Oma von → *Irakli (Mika) Tschimagadse*

Jericho, Hündin von→ *Mutter Barbare*

Kako, Boxtrainer

Vater Kyrill, Priester im Kirsaneti-Kloster, vormals Schlachter

Lamara, Pflegerin von → *Likuna*

Likuna, Tochter von → *Irakli (Mika) Tschimagadse* und → *Medea Chimschiaschwili*

Margalita, Huhn von → *Isolde*

Saba Matschutadse, Millionär, Schulfreund von → *Irakli (Mika) Tschimagadse* und → *Gigi Sardiaschwili*

Schwester Martha, Nonne im Kirsaneti-Kloster, Geliebte von → *Elene*

Berdia Mikiaschwili, Sozialarbeiter

Monika, Sexarbeiterin, Betreuerin von → *Likuna*, früher → *Lascha Tsertswadse*

Muriko Pchaladse, Dozent für Vernehmungstechnik, Lehrer von → *Medea Chimschiaschwili*

Ana Rogawa, Chefredakteurin von → *Tina Sumbadse*

Keti Ruadse, Psychotherapeutin

Amiran Saalischwili, Trainer der Basketballfrauenmannschaft

Sali, Salome (auch *Natia*), erste Freundin von → *Irakli (Mika) Tschimagadse*

Gigi Sardiaschwili, Pharmaunternehmer, Schulfreund von → *Irakli (Mika) Tschimagadse* und → *Saba Matschutadse*

Reso Sarkissian, Anästhesiologe

Der Schotte, Flugzeugbekanntschaft von → *Tina Sumbadse*

Tina Sumbadse, Journalistin, Schulfreundin von → *Medea Chimschiaschwili*

Tato Tarassian, frühere Nachbarin von → *Medea Chimschiaschwili*

Irakli (Mika) Tschimagadse, Stellvertreter des Außenministers, erster Freund von → *Sali*, Schulfreund von → *Gigi Sardiaschwili* und → *Saba Matschutadse*, Vater von → *Likuna*, Ex-Mann von → *Medea Chimschiaschwili*

Vater Theophilos, Archimandrit (Vorsteher) des Kirsaneti-Klosters

Lascha Tsertswadse, transsexueller Junge, Sohn von → *Gega Tsertswadse* und → *Tekla Tsertswadse* → später *Monika*

Gega Tsertswadse, Vater von → *Lascha Tsertswadse*

Tekla Tsertswadse, Altenpflegerin in Griechenland, Mutter von → *Lascha Tsertswadse*